Petra Weise

Ich besuche dich trotzdem!

Roman

Bibliografische Information der Deutschen Nationalbibliothek
Die Deutsche Nationalbibliothek verzeichnet diese Publikation in der
Deutschen Nationalbibliografie; detaillierte bibliografische Daten sind im
Internet über http://dnb.dnb.de abrufbar

© 2018 Petra Weise
Herstellung BoD – Books on Demand Norderstedt

ISBN 9-783746-077840

Einleitung

Genau am 20. Geburtstag meiner Mutter wurde ich geboren.

Alle sagen, ich wäre genau wie meine Mutter. Auch sie vertritt diese Meinung. Als kleines Kind war ich stolz darauf und wünschte mir, ebenso schön wie sie zu sein. Ich hatte ihre blauen Augen und ihre dichten dunklen Haare und wollte so wunderbar singen und reimen können wie sie.

Später, im Laufe der Jahre schwor ich mir, niemals so zu werden wie sie. Ich entdeckte zuerst zufällig und später bewusst die Unterschiede zwischen uns beiden und freute mich über jeden einzelnen.

Heute ist Mutter alt und lebt in einem Pflegeheim ganz in meiner Nähe. Ich bin höflich zu ihr, aufmerksam und verbindlich. Doch ich fühle mich ihr nicht verbunden.

Ich habe mein Leben lang vergeblich versucht, sie für mich zu interessieren.

Alte Leute sind hilflos wie kleine Kinder, man kümmert sich um sie und erwartet nichts dafür. Seit ich nichts mehr von meiner Mutter erwarte, kann ich sie endlich lieben.

Inhalt

Ich will nicht anklagen oder alte Wunden aufreißen, sondern meine Erlebnisse erzählen auf meine ganz persönliche Weise.

Der Anruf

„Du musst sofort kommen! Hörst du? SOFORT!"

Ehe ich fragen kann, was eigentlich passiert ist, hat Mutter den Hörer aufgelegt. So macht sie es immer. Sie sagt, was sie zu sagen hat und legt einfach auf. Sie fragt nicht, ob ich Zeit habe, sie bittet nicht um einen Gefallen, sie ordnet an. Niemals meldet sie sich mit ihrem Namen, niemals fällt ein einziges persönliches Wort und niemals verabschiedet sie sich.

„Du wirst jetzt nicht nach Freiberg fahren!", bestimmt Klaus.

Erstaunt schaue ich meinen Mann an.

„Deine Mutter hat nicht gesagt, was sie will."

Ich zucke mit der Schulter. „Das tut sie nie."

„Eben. Du musst nicht jedes Mal springen, wenn deine Mutter ruft."

Wieder zucke ich mit der Schulter. Es ist ein resigniertes Zucken. Ich habe es längst aufgegeben, von Mutter einen normalen Umgang zu erwarten. Sie bestimmt, was ich zu tun und zu lassen habe, als wäre ich ein kleines Kind. Und ich wage nie, ihr zu widersprechen. Meist habe ich ohnehin keine Gelegenheit dazu.

Ich helfe ihr gern, doch wünsche ich mir, dass sie sich darüber freut. Leider scheine ich alles falsch zu machen, denn sie dankt mir nie, sondern schickt mich sofort weg, sobald ich ihr zu Willen war.

„Was soll schon sein?", brummt Klaus. „Vermutlich hat sie nur wieder ihr Handy verlegt. Und dafür fährst du vierzig Kilometer, um hinterher noch beschimpft zu werden."

Mutter ruft mehrmals in jeder Woche an. Meist ist eine Glühlampe durchgeschmort. Das liegt an ihrem alten Sicherungskasten mit Schmelzsicherungen aus Porzellan und dem ebenso alten Stromnetz. Klaus hat eine alte Werkstatt ausfindig gemacht, wo er diese alten Schraubsicherungen nachkaufen kann. Irgendwann sollte der Vermieter das Stromnetz auf den neuesten Stand bringen und das gesamte Haus neu verkabeln.

Manchmal bestellt Mutter einen Kasten Wasser. Das tut sie leider erst, wenn sie die letzte Flasche öffnet und sie keinen einzigen Tag länger warten kann. Doch wir wollen nicht wegen sechs Euro Warenwert vierzig Kilometer fahren. Sie könnte leicht einen Getränkedienst nutzen, doch sie besteht darauf, dass wir das Wasser liefern, denn wir sind ihrer Meinung nach dazu verpflichtet. Zudem muss Klaus das Wasser im Keller deponieren und darf nur zwei Flaschen in die Küche stellen. Mutter steigt nie die vielen Treppen vom zweiten Stock bis in den Keller und hätte im Gästezimmer ausreichend Platz.

„Wasser gehört nun mal in den Keller und nicht ins Gästezimmer!", befindet sie.

Dieses Mal stehen vier Kisten Wein im Flur.

„Die müssen auch in den Keller!", bestimmt Mutter.

„Du hast im Keller sicher noch sechs oder acht Kästen", sagt Klaus.

„Na und? Was geht dich das an?"

Klaus zuckt mit der Schulter. „Ich meine nur, du hättest nicht nachbestellen müssen."

„Die Weinhandlung hatte angerufen. Außerdem kaufe ich immer bei denen. Ich mag den Burschen."

Das klingt fast so, als kaufe sie keinen Wein, weil er ihr schmeckt, sondern weil sie dem Händler einen Gefallen tun will.

„Soll ich dir eine Flasche öffnen?"

Klaus weiß, dass Mutter mit dem Korkenzieher nicht zurecht kommt.

„Lass das! Ich brauche jetzt keinen Wein. Und nun geh!"

Ich frage mich, was sie heute von mir will und bin etwas beunruhigt. Das macht Klaus wütend.

„Du warst seit fünf Uhr arbeiten und fühlst dich

schlapp und kraftlos. Deshalb ruhst du dich jetzt aus!"

Ich fühle mich wirklich wie ausgebrannt. Die Arbeit in der Großküche ist hart. Es müssen schwere Kübel geschleppt und die Einzelportionen eilig abgefüllt werden, damit die Fahrer pünktlich ausliefern können. Oft ist so viel zu tun, dass die Frühstückspause sehr kurz oder ganz ausfällt. Während der Arbeit kann ich keinen einzigen Moment sitzen.

Deshalb sinke ich erschöpft in mein Bett. Doch ich kann nicht einschlafen. Durch meinen Kopf sausen viele Gedanken. Alle kreisen sie um die Frage, was Mutter dieses Mal von mir will. Alles ist für sie eilig und muss sofort geschehen. Dabei unterscheidet sie nie, was wirklich wichtig ist und was gut noch eine Woche warten kann.

Sie behandelt mich wie ein kleines Schulkind, obwohl ich bereits über 60 Jahre alt bin und mich mit eigenen Problemen plage. Mein linkes Knie funktioniert nicht mehr so, wie es sollte. Es schmerzt und knickt manchmal einfach weg. Vermutlich liegt die Ursache in der körperlich schweren Arbeit der Großküche. Im Knie tuckert es, was mich nervös macht und beunruhigt.

Doch im Moment beunruhigt mich noch mehr

der Befehl meiner Mutter, sofort zu kommen. Es ist besser, wenn ich mich darum kümmere. Also wähle ich ihre Nummer.

Es klingelt viele Male, doch sie geht nicht ans Telefon. Auch nicht an ihr Handy. Das Handy hat sie manchmal einstecken, wenn sie zum Einkauf unterwegs ist oder in einem Gasthof zu Mittag isst. Doch äußerst selten schaltet sie es an. Außerdem sitzt sie um diese Zeit daheim vor dem Fernseher und schaut ihre Serie, die sie nie verpasst. Wahrscheinlich hat sie wieder den Ton so laut gestellt, dass sie das Klingeln des Telefons nicht hört, obwohl sie überhaupt nicht schwer hört.

Plötzlich fällt mir ein, dass sie gestern meinte, ihr ginge es nicht gut. Sofort habe ich ein schlechtes Gewissen, weil ich nicht schon früher daran dachte. Wenn sie nun krank ist?

„Denke an deinen Vater", ermahnt mich Klaus. „Der hoffte, dass sie nie ernsthaft erkrankt, weil sie ständig jammerte, auch dann, wenn ihr gar nichts fehlte."

Ich nicke.

„Merkst du nicht, wie sie dich manipuliert? Und du fällst immer wieder darauf rein."

„Ich fahre trotzdem zu ihr."

„Jetzt?"

„Jetzt." Schnell drehe ich mich weg, um Klaus nicht ansehen zu müssen. Ich weiß auch so, wie entsetzt er jetzt schaut und dass er meine Fürsorge für übertrieben hält.

Die Fahrt von Chemnitz nach Freiberg führt über kurvige Straßen durch hügeliges Land. Wenn ich nicht so besorgt um Mutter wäre, könnte ich diese schöne Landschaft und den Blick zur Augustusburg genießen.
Sie wohnt in der Neubausiedlung direkt am Ortseingang. Neu sind diese Häuser nicht, sie wurden Ende der Sechziger Jahre aus Beton-Fertigteilen gebaut, doch der Name Neubausiedlung ist geblieben. Ein Haus gleicht dem nächsten und ist alles andere als schön. Klaus ist hier aufgewachsen – ich zum Glück nicht. Damals wohnten wir in einem alten Haus auf dem Land, das meine Mutter sofort nach Vaters Tod verkaufte.

Nach der Wende erfüllte sich Vater den Traum vom eigenen Heim, denn nun durfte er das Haus, in dem er mit Mutter wohnte, kaufen. Überglücklich zahlte er den recht geringen Preis, während Mutter wütend schimpfte: „Soll ich hier in diesem Kaff versauern?"
Sie wollte in die Stadt, wo es Geschäfte, Cafés und ein Theater gab. Auf dem Land fühlte sie sich nur gelangweilt und hielt sich so oft und so lange wie möglich in Freiberg auf. Doch mit

dem Hauskauf war sie noch mehr als bisher an das Dorf gebunden.

Allerdings musste das alte Haus saniert werden, denn zu DDR-Zeiten ist nichts daran gemacht worden. Es brauchte zuerst eine moderne Heizung, wofür Vater einen Kredit aufnahm. Nun musste nicht mehr während der kalten Jahreszeit der große Kachelofen in der Stube angefeuert werden.

Als Vater starb, war mir klar, dass Mutter die ungeliebte *Hütte* sofort verkaufte und in eine moderne Stadtwohnung zog. Mein Bruder Detlef verstand das nicht, er hätte das Haus gern geerbt. Doch Mutter konnte als Alleinerbe damit machen, was immer sie wollte.

Später hörte ich sie zu einer Verwandten sagen, dass ihr Mann sie mit einem Berg Schulden zurückgelassen hätte und sie nicht mehr ein noch aus wisse. Das konnte ich mir überhaupt nicht vorstellen, zumal sie sich für die neue Wohnung komplett neu einrichtete. Also ging ich davon aus, dass der Verkauf die Restschuld tilgte und genug für neue Möbel übrig blieb.

Meine Schulfreundin sprach mich ein Jahr später an und wollte wissen: „Warum habt ihr das eurer Mutter angetan?"

„Was meinst du?"

„Warum habt ihr sie gezwungen, das Haus zu

verkaufen?"

„Das haben wir nicht."

„Das habt ihr sehr wohl! Jeder hier im Dorf weiß, dass ihr drei Geschwister auf den Verkauf bestanden habt, weil ihr das Erbe wolltet. Dass du so geldgeil bist, hätte ich nicht gedacht."

Ich spürte, wie sich eine Starre in mir ausbreitete, die mir die Luft nahm und mir keine Antwort ermöglichte. Plötzlich konnte ich die entsetzten Blicke der Dorfbewohner deuten. Sie hatten nicht wie ich glaubte Mitgefühl für meine Trauer, sondern allein mit Mutter, deren eigene Kindern sie aus reiner Geldgier aus dem Dorf trieben.

„Du weißt, wie sehr deine Mutter hier im Ort verwurzelt ist. Der Faschingsclub, die Frauen-gruppe, die Dorfzeitung, Kinderfeste und was weiß ich nicht alles. Sie hat so bitterlich geweint und mir furchtbar leid getan." Meine Freundin schüttelte vorwurfsvoll den Kopf.

„Aber das stimmt doch gar nicht!", brachte ich schließlich stotternd hervor.

„Erzähle nicht!", unterbrach sie mich. „Jeder weiß, das die Erbschaft den Menschen verändert. Bei euch ist es eben besonders schlimm gelaufen. Dafür solltest du dich in Grund und Boden schämen!"

Sie drehte sich um und ließ mich völlig fassungslos stehen. Hatte Mutter diese schlimme Geschichte in die Welt und damit ihre eigenen Kinder in ein denkbar schlechtes Licht gesetzt? Anders kann es nicht sein, denn so etwas denken sich die Leute schließlich nicht aus.

Ich habe davon meinen beiden Geschwistern nichts erzählt, denn sie hätten es nicht verstanden und möglicherweise auch nicht geglaubt. Doch ich fuhr damals sofort zu Mutter und stellte sie zur Rede. Sie schaute nicht einmal auf, als sie sagte: „So war es auch! Und jetzt lass mich in Ruhe und geh!"

Es dunkelt bereits, als ich vor Mutters Tür stehe und klingle. Doch mir wird nicht geöffnet. Einen Schlüssel besitze ich nicht. Den gibt sie mir nur, wenn ich während ihrer zahlreichen Reisen die Blumen gießen und den Briefkasten leeren soll. Nun bin ich doch in Sorge und rufe im Krankenhaus an.

Im Krankenhaus

„Nein, eine Frau Müller wurde bei uns nicht eingeliefert", sagt die freundliche Stimme von der Auskunft im Krankenhaus.

Doch bevor ich erleichtert auflegen kann, ruft sie: „Moment! Sie liegt in der Frauenklinik."

Frauenklinik! Das klingt ernst. Mutter hatte vor vielen Jahren eine Totaloperation. Ich überlege, ob das nach dieser langen Zeit Komplikationen geben kann. Während der Fahrt zur Klinik werde ich immer nervöser und habe direkt Angst, ihr gegenüber zu treten.

Doch sie sitzt aufrecht neben dem Krankenbett auf einem Stuhl und isst mit Appetit ihr Abendbrot.

„Hast du Wäsche mitgebracht?", faucht sie ohne eine Begrüßung. „Ich habe nichts da. Kein Waschzeug, nichts."

Möglicherweise blieb ihr keine Zeit, eine Nottasche fürs Krankenhaus zu packen.

„Tut mir leid, Mutti. Ich wusste doch nicht, wo du bist."

„Es gibt Telefon."

„Auch für dich", denke ich. Doch laut erkundige ich mich, ob sie Schmerzen hat.

Sie nickt und zeigt mit dem Finger auf ihren Bauch. Ich schaue in ihr schmerzverzerrtes Gesicht. Mir tut sie sehr leid und ich will sie umarmen.

„Siehst du nicht, dass ich esse?", weist sie mich zurecht. „Gehe jetzt und besorge Wäsche und Waschzeug, bevor die Läden schließen!"

Erschrocken weiche ich zurück. Außerdem wundert es mich, dass ich die Sachen kaufen soll, die sie doch daheim stapelweise zu liegen hat. Deshalb frage ich: „Wäre es nicht besser, wenn ich dir die Sachen aus deiner Wohnung hole?"

„Quatsch! Der Laden ist gleich in der Nähe und meinen Schlüssel bekommst du nicht."

Das hätte mir von allein klar sein müssen, dass sie mich lieber zum Einkaufen schickt, als mir ihren Schlüssel zu geben. Natürlich kann sie selbst entscheiden, wem sie ihren Schlüssel überlässt. Trotzdem bin ich gekränkt, weil sie mir offenbar nicht vertraut.

Ich fahre also eilig zum Supermarkt und kaufe Unterwäsche, zwei Nachthemden, Seife und Zahnputzutensilien. Zusätzlich bringe ich noch eine Flasche Orangensaft und etwas Obst mit.

„37 Euro habe ich bezahlt."

„In Ordnung", erwidert sie.

In Ordnung? Will sie mir das ausgelegte Geld nicht zurückgeben? Für mich sind diese fast vierzig Euro viel Geld. Seit dem ersten Januar 2015 verdiene ich zwar nicht mehr nur fünf Euro pro Stunde, sondern 8,50 Euro, also immerhin fast zweihundert Euro mehr pro Monat, doch große Sprünge machen kann ich davon nicht. Die Rente von Klaus beträgt vermutlich nicht einmal die Hälfte von Mutters Rente. Es wäre also eher *in Ordnung*, wenn sie Ordnung macht und bezahlt. Allerdings wage ich nicht, sie konkret dazu aufzufordern.

„Bin gespannt, wie lange Christa braucht, mich hier zu finden", überlegt sie laut.

„Du hast deine Freundin nicht angerufen?"

„Natürlich nicht."

Natürlich nicht. Sie informiert niemanden. Sie erwartet, dass sich alle um sie kümmern, sich um sie sorgen und ihre Wünsche erfüllen. Die Welt soll sich um sie drehen, während sie in der Mitte auf einem Podest steht und dirigiert. Mich ärgert das.

„Weißt du was, ich sage Christa, wo sie dich findet, damit du Besuch bekommst. Ich kann nicht jeden Tag von Chemnitz aus hierher fahren."

„Natürlich kannst du. Du bist sogar dazu verpflichtet. Schließlich bin ich deine Mutter", empört sie sich.

„Du weißt, dass ich arbeite."

„Ach was, deinen Laden kannst du auch mal zumachen."

Ich habe keinen Laden, sondern arbeitete bis vor zwei Jahren in einem Vertriebsbüro. Seit dieses Büro geschlossen ist, helfe ich halbtags in einer Großküche. Das sollte ihr eigentlich bekannt sein. Doch so genau hat sie mir wohl nie zugehört oder einfach vergessen, was ich mache. Offenbar ist ihr auch nicht klar, dass mich jeder Besuch fast drei Stunden Zeit kostet wegen der Entfernung, vom Benzingeld ganz abgesehen.

Trotzdem besuche ich sie nun jeden zweiten Tag.

Manchmal hasse ich mich dafür, wenn ich Mutter so zu Willen bin.

„Deine Mutter ist durch und durch boshaft. Ich weiß nicht, was ich machen würde, wenn es meine Mutter wäre. Ich verstehe nicht, wie du immer wieder Verständnis für sie aufbringen kannst." Klaus ist entsetzt.

„Es ist nun mal meine Mutter."

„Das ist noch lange kein Grund, freiwillig zu ihr zu gehen und sich beleidigen zu lassen. Hinterher weinst du."

Ich weine tatsächlich fast jedes Mal, wenn ich von Mutter komme. Sie schafft es immer und immer wieder, mich zu kränken, zu verletzen und zu demütigen. Ich finde einfach keine Möglichkeit, mich zu wehren, weil mich ihre seltsamen Vorwürfe zuerst schockieren und dann lähmen. Bei keinem Menschen bin ich um eine Antwort verlegen, nur Mutter gegenüber fällt mir nichts ein.

Sie war Lehrerin und es gewöhnt, andere zu kommandieren, zu belehren, zurechtzuweisen und zu manipulieren. Doch das war vor vielen Jahren und es waren Kinder.

In solchen Momenten denke ich an meinen

Vater und seinen Lieblingsspruch: „Es gehören immer zwei dazu." Ich weiß, dass ich selbst einen Teil der Schuld trage. Denn dass mich jemand verletzen will, ist die eine Seite – dass ich mich verletzen lasse, die andere.

Zwei Wochen später darf ich Mutter abholen und nach Hause bringen.

„Die sind unfähig!", schimpft sie. „Die haben nichts gefunden."

Mit *die* meint sie die Ärzte des Krankenhauses.

„Sei doch froh!", versuche ich zu trösten.

„Dich freut es noch, wenn sie mir nicht helfen können."

„Nein, mich freut, dass du offenbar gesund bist. Denn etwas anderes kann es nicht bedeuten, wenn die Ärzte nichts finden. Schließlich bist du gründlich untersucht worden."

„Was besagt das schon?"

Mutti stößt grob meine Hand weg, die ich ihr auf den Arm legen will.

„Und woher kommen dann meine Bauchschmerzen?"

Ich weiß, dass Mutter viel zu viel isst. Vielleicht verkraftet ein alternder Magen diese Mengen nicht mehr.

„Sicher solltest du vorsichtiger bei deinem Essen sein", wende ich ein.

„Du spinnst!", weist sie mich zurecht.

Hannis Geburtstag

Tante Hanni heißt eigentlich Johanna und ist Vaters älteste Schwester. Sie war einmal eine wahre Schönheit und hatte entsprechend viele Verehrer. Einer davon, ein Zahnarzt, wollte sie heiraten, doch Hannis Mutter gab ihre Zustimmung nicht. Denn sie brauchte das Gehalt und die Hilfe der Tochter, um ihre noch minderjährigen Kinder zu ernähren und zu versorgen.

Nach dem Krieg wurde Hanni mit ihren elf jüngeren Geschwistern, ihrer Mutter und deren Mutter aus ihrer Heimat Pommern vertrieben. Sie fanden erst nach einem monatelangen, qualvollen Fußmarsch in der Nähe von Freiberg eine Bleibe für die große Familie, die sich ohne jede Habe mühevoll durchschlagen musste.

So kam es, dass sich Hanni für ihre Geschwister ihr ganzes Leben lang verantwortlich fühlte. Das änderte sich auch nicht, als einer nach dem anderen heiratete und Kinder bekam. Sie half, wo sie nur konnte und pflegte zu jedem gewissenhaft den Kontakt.

Entsprechend voll ist der Festsaal zu ihrem 80. Geburtstag, denn alle wollen persönlich gratulieren.

Sogar meine Schwester Jutta ist extra aus Düsseldorf angereist, um im Kreis unserer großen Verwandtschaft mitzufeiern. Zuerst fahren wir zu unserer Mutter, um sie abzuholen, doch die ist nicht daheim.

„Wo ist eure Mutter?", erkundigt sich Hanni, als wir ihr gratulieren.

„Wir wollten sie mitbringen, aber sie war nicht da. Also glaubten wir, jemand anders hätte sie bereits abgeholt."

„Hier ist sie jedenfalls nicht." Hanni denkt nach. Schließlich fällt ihr ein: „Sie gratulierte mir gestern schon und sagte, dass sie vielleicht ins Krankenhaus muss."

„Krankenhaus?" Jutta zuckt erschrocken zusammen, stößt mich an und ruft aufgeregt: „Wir müssen sofort zu ihr ins Krankenhaus!"

Mein erster Schreck legt sich schnell, denn ich vermute, dass dies wieder eines von Mutters Theaterstücken sein könnte.

„Ich werde dich nicht begleiten", sage ich deshalb.

„Wieso?" Bevor ich antworten kann, spricht Jutta weiter. „Bringst du es übers Herz, hier fröhlich zu feiern, wenn Mutter im Krankenhaus liegt?"

„Weißt du, ich glaube nicht, dass sie krank ist."

„Spinnst du? Was redest du da?"

Ich erinnere mich genau an Mutters letzten

Krankenhaus-Aufenthalt. Doch ich weiß nicht, wie ich das meiner Schwester erklären kann. Deshalb rate ich ihr, erst einmal anzurufen, denn Mutter wird ihr Handy mitgenommen haben. Insgeheim denke ich, dass sie wohl nicht abheben wird, wenn sie auf dem Display sieht, dass Jutta nach ihr sucht. Ein Anruf wird Mutter nicht genügen, sie will sicher, dass Jutta zu ihr kommt.

Jutta drückt die Wähltaste ihres Handys und lässt es so lange klingeln, bis die Verbindung abbricht. Beim zweiten Versuch hört sie eine Ansage, dass diese Nummer zur Zeit nicht erreichbar ist.

„Vielleicht ist im Krankenhaus kein Empfang?"

„Glaubst du das wirklich?"

Ich erzähle nun doch, dass Mutter beim letzten Krankenhausaufenthalt ihre beste Freundin absichtlich nicht informierte, um sie suchen zu lassen und ende mit den Worten: „Genauso macht sie es jetzt mit dir."

Jutta schüttelt ungläubig ihren Kopf. „Sie weiß doch, dass ich hier bin."

„Eben. Überlege doch mal, wäre Mutti wirklich krank, hätte sie nicht bereits gestern Tante Hanni gratuliert und angedeutet, dass sie vielleicht ins Krankenhaus muss."

„Ich verstehe immer noch nichts", klagt Jutta.

„Heute ist Tante Hanni die Hauptperson."

„Na und?"

„Du weißt, dass Mutti gern im Mittelpunkt steht. Also spielt sie dieses Theater, damit jeder über sie redet."

„Du bist einfach nur boshaft!", schimpft Jutta, greift wieder nach ihrem Handy und wählt noch einmal Mutters Nummer. „Ich verstehe das nicht. Das Handy ist angeschaltet. Sie sieht doch meine Nummer!"

„Genau deshalb hebt sie nicht ab", denke ich, verkneife mir aber diese Bemerkung.

Es kommt, wie es kommen muss. Während der gesamten Feier drehen sich die Gespräche nur um Mutter.

„Ihr müsst euch kümmern!", befiehlt eine unserer Tanten.

„Vorgestern war ich bei ihr", erkläre ich. „Da war sie noch gesund. Ihr kennt Mutti und ihren Hang zum Theaterspielen."

Die Tante schüttelte entsetzt den Kopf, weil ich so garstig über meine kranke Mutter spreche. „Sie kann gestürzt sein."

„Möglich", räume ich ein. „Doch dann hätte sie NACH dem Sturz aus dem Krankenhaus angerufen und ihn nicht bereits gestern angekündigt."

Den ganzen Abend lang fragen uns Hannis Gäste, weshalb wir nicht wissen, wo unsere

Mutter ist, wie es ihr wohl gehen mag, was passiert sein könnte, warum wir nichts unternehmen, ob wir kein Herz hätten.

Jutta wählt aller halben Stunde Mutters Nummer. Mal geht sie nicht ran, mal ist keine Verbindung. „Ich halte es nicht länger aus. Ich will jetzt wissen, wo sie ist und fahre ins Krankenhaus."

„Mach das! Aber ohne mich. Das Krankenhaus hätte sich gemeldet, wenn es etwas ernstes wäre."

„Du hast Recht, aber mir lässt es keine Ruhe."

„Auch wenn das jetzt wieder boshaft klingt: genau das bezweckt sie."

Jutta hat zwar ein schlechtes Gewissen, weil sie nicht sofort ins Krankenhaus eilt, doch sie kennt schließlich unsere Mutter und ihr Theaterspiel ebenso gut wie ich und fährt am nächsten Morgen verärgert zurück nach Düsseldorf, ohne weiter nach Mutter zu suchen.

Wieder im Krankenhaus

Zwei Tage später klingelt mein Telefon und ich höre Mutters altbekannten Kommandoton.

„Wo bleibst du denn? Ich brauche frische Wäsche!"

„Welche Wäsche?", rutscht es mir spontan

heraus. Viel eher hätte ich fragen müssen: „Wo warst du, als wir Hannis Geburtstag feierten?"

„Ich bin im Krankenhaus." Das klingt direkt triumphierend.

„Nanu?"

„Ich hätte sterben können in der Zeit. Keiner kümmert sich um mich. Informiere wenigstens Jutta!"

Und schon ist die Verbindung unterbrochen, Mutter hat aufgelegt. Ich kann ihr nicht einmal sagen, dass Jutta längst wieder abgereist ist. Es bleibt mir nichts anderes übrig, als mich ins Auto zu setzen und die vierzig Kilometer zu ihr ins Krankenhaus zu fahren.

Unterwegs nehme ich mir vor, mir nicht mehr so über den Mund fahren zu lassen. Ich werde mich wie eine erwachsene Frau benehmen und ihr Theaterspiel sofort durchschauen.

Doch dann erschrecke ich sehr, als ich das Krankenzimmer betrete. Mutter sieht elend aus, liegt apathisch im Bett, den Kopf zur Seite gesunken, etwas Spucke tropft aus ihrem Mund. Sie stöhnt schwer atmend. Das geht mir durch und durch und ich bereue zutiefst all meine garstigen Gedanken und bösen Worte. Ich ziehe mir einen Stuhl heran und berühre vorsichtig ihre Hand.

„Mutti, kannst du mich hören?"

Sie stöhnt nur herzzerreißend und kann nicht antworten. Ich streiche sanft über ihren Arm. „Gleich bin ich wieder hier. Ich versuche zuerst, mit einem Arzt zu sprechen."

Der Anblick dieser schwer kranken Frau geht mir sehr nahe und mir laufen Tränen übers Gesicht. Ich muss mich erst fassen und von dem Schock erholen. Ganz offensichtlich leidet Mutter starke Schmerzen.

Kurz werde ich abgelenkt, als die Frau im Bett gegenüber versucht, aufzustehen. Im gleichen Moment richtet sich Mutter auf, sitzt kerzengerade in ihrem Bett und schreit mit fester Stimme: „Sie sollen liegen bleiben! Kapieren Sie das nie? Dieses blöde Weib geht mir auf die Nerven."

Dann lässt sie sich auf ihr Kissen zurücksinken und bricht in Tränen aus. „Ich halte das nicht mehr aus. Es geht zu Ende mit mir", haucht sie kaum hörbar.

Ich bin noch etwas verwirrt von dem lauten Ausruf, doch ihre Tränen, die ihr übers Gesicht laufen, berühren mein Herz sofort. Sie glaubt, dass sie im Sterben liegt. Nun wird mir richtig bange zumute. Ich beuge mich näher zu ihr hinunter und streiche ihr behutsam über die Schulter. Ich möchte ihr liebend gern helfen, weiß nur nicht, wie.

„Hast du Schmerzen?", fragte ich sanft.

Statt einer Antwort höre ich nur mattes Seufzen. Ich nehme mein Taschentuch und tupfe vorsichtig Mutters Tränen trocken. Sie flüstert etwas, doch kaum hörbar. Ich beuge mich tief zu ihr herunter und nähere mein Ohr ihrem Mund. Vielleicht verstehe ich nun ihre Worte.

In diesem Moment öffnet sich die Tür und eine junge Frau kommt herein.

„Beate!", jubelt Mutter erfreut und schiebt mich zur Seite. „Vom Faschingsclub", raunt sie mir augenzwinkernd zu. „Komm rein! Elke wollte gerade gehen." Sie zeigt auf mich und zischt: „Geh endlich!" Mutter sitzt aufrecht im Bett und strahlt dieser Beate entgegen. „O, wie ich mich über deinen Besuch freue!"

Ich verlasse völlig verstört das Krankenzimmer. Wie war das möglich? Soeben lag Mutter sterbenskrank im Bett und nun freut sie sich über den Besuch ihrer Bekannten vom Faschingsclub. Ihre Freude war echt. Hat sie sich auch über meinen Besuch gefreut? Als ich an ihrem Bett saß, reagierte sie kaum.

Und ob sie reagierte! Mir fällt es wie Schuppen von den Augen: ich bin auf Mutters bühnenreifes Schauspiel wieder einmal hereingefallen. Das ärgert mich sehr.

Wieder denke ich an meinen Vater und die vielen Begebenheiten, in denen uns Mutter

Theater vorspielte. Wie oft saß sie Tränen überströmt auf dem Sofa oder wand sich vor Schmerzen schreiend im Sessel? Doch alles war nur gespielt, Theater, um Aufmerksamkeit zu bekommen. Und wieder steigen mir die Tränen in die Augen. Doch dieses Mal sind es Tränen des Zorns auf Mutter und vor allem auf mich selbst und meine Dummheit.

Erst während der Heimfahrt fällt mir ein, dass ich mit dem Arzt sprechen wollte und nun gar nicht weiß, weshalb Mutter eigentlich im Krankenhaus liegt. Die ganze Fahrt hat überhaupt nichts gebracht außer der Erkenntnis, dass ich unverbesserlich gutgläubig und leicht zu beeindrucken bin.

Einige Tage später läutet das Telefon. Es meldet sich eine Schwester Helga. „Frau Brigitte Müller ist Ihre Mutter?"

„Ja", antworte ich. „Ist etwas passiert?"

„Nein, ich wollte Ihnen nur mitteilen, dass Ihre Mutter hier im Chemnitzer Krankenhaus liegt. Es wäre gut, wenn Sie vorbeischauen könnten."

„Ich komme sofort. Soll ich etwas mitbringen? Braucht sie etwas?"

„Nein, sie hat alles dabei. Näheres später."

Ich setze mich sofort ins Auto und bin wenige Minuten später im Krankenhaus.

„Wie geht es meiner Mutter? Hat sie

Schmerzen?"

Die Schwester schüttelt den Kopf. „Das glaube ich nicht."

Überrascht schaue ich sie an. „Sie glauben? Weshalb ist meine Mutter hier?"

„Nun – sie hat sich quasi selbst eingewiesen, doch in Freiberg wollten sie sie nicht behalten."
„Nicht?"

Die Schwester räuspert sich. „Auch wir finden nichts, weshalb sie im Krankenhaus bleiben müsste. Es ist wohl eher ein psychisches Problem."

Ich verstehe sofort, was die Schwester meint, auch wenn sie sich recht vorsichtig ausdrückt.

„Bevor Sie zu Ihrer Mutter gehen … der Arzt ist gerade hier und möchte mit Ihnen sprechen."

„Unserer Meinung nach müsste Ihre Mutter eine Pflegestufe beantragen", verkündet der Arzt ohne Umschweife. „Wir helfen Ihnen gern dabei. Und es wäre gut, wenn Sie einen Termin bei einem Neurologen vereinbaren. Auch wäre eine Vorsorgevollmacht nützlich."

„Darüber habe ich nach dem Tod meines Vaters mit Mutter sprechen wollen. Aber davon will sie nichts hören."

„Verstehe. Kommen Sie, ich begleite Sie zu Ihrer Mutter."

Wir betreten ein sehr schönes, helles Zimmer.

„Hast du Obst mitgebracht?", fragt die Mutter streng.

Ich schüttle den Kopf. „Grüß dich, Mutti. Ich wusste nicht, was du essen darfst."

„Sie darf alles essen, nur sollte sie die Mengen reduzieren." Der Arzt wendet sich an Mutter. „Ich habe soeben Ihrer Tochter erklärt ..."

„Was erlauben Sie sich, mit meiner Tochter über mich zu reden?"

„Frau Müller, Sie brauchen Hilfe."

„Wer mir hilft und wobei, das bestimme immer noch ich!"

„Deine Mutter ist einfach nur boshaft. Das habe ich dir schon mehrfach gesagt. Sie war es immer und wird es wohl immer bleiben", sagt Klaus verärgert, als ich ihm vom neuesten Stand im Krankenhaus berichte.

„Sie ist nur verwirrt", sage ich leise.

Eigentlich weiß ich, dass er Recht hat. Doch mir ist es unangenehm, ihn so über Mutter schimpfen zu hören.

„Verwirrt?" Klaus schnaubt durch die Nase. „Mein Vater hatte Demenz. Trotzdem begrüßte er jeden, der ihn besuchte und bestellte Grüße an alle, obwohl er nicht mehr wusste, wer alles zur Familie gehörte. Er hat sich niemals beklagt und schon gar nicht etwas gefordert oder sich beschwert. Deine Mutter dagegen hat nicht einmal ein freundliches Wort für dich übrig, gleichgültig, was du alles für sie tust."

Ich zucke mit der Schulter. Was sollte ich auch sagen? Und vor allem, was kann ich dagegen tun? Vielleicht sollte ich sie wirklich nicht mehr so oft besuchen. Doch was mache ich, wenn sie mich anruft und nach mir verlangt? Ich bringe es nicht übers Herz, ihr meine Hilfe zu verweigern.

„Wenn du wie Jutta in Düsseldorf wohnen würdest, müsste es auch gehen", stellt Klaus ungerührt fest.

Er hat wie immer Recht. Doch ich lebe nun einmal nicht in weiter Ferne.

Wieder daheim

Einige Tage später wird Mutter aus dem Krankenhaus entlassen. Ich fahre sie die vierzig Kilometer nach Hause, kaufe für sie ein und will die Lebensmittel in den Kühlschrank räumen.

„Lass das! Du bringst mir nur alles durcheinander. Fahr heim! Dein Mann wird schon warten."

Sofort lasse ich alles stehen und liegen, drehe mich um und gehe. Dieses Mal rufe ich nur kurz „Mach´s gut!", und schließe hinter mir die Tür.

Und wieder weine ich während der Rückfahrt. Ich habe mich gekümmert, sie nach Hause gebracht, eingekauft und werde nur abgefertigt. Kein freundliches Wort, kein Dank.

Redet sie mit allen Leuten so? Auch mit ihren Freundinnen? Oder nur mit mir? Liegt es daran, dass ich „nur" ihre Tochter bin? Oder an meinem Verhalten?

Jutta sagte mal: „Wer sich nicht wie eine Königin verhält, wird auch nicht wie eine Königin behandelt."

Darin steckt viel Wahrheit. Sicher sollte ich mich nicht mehr einschüchtern lassen, auch nicht von Mutter.

Bereits am nächsten Tag ruft sie mich an und befiehlt: „Du musst mich morgen zum Arzt nach Flöha bringen! Zehn Uhr habe ich Termin, also sei pünktlich um neun Uhr hier!"

Und schon ist aufgelegt. Kein Guten Tag, keine Frage, kein Abschiedswort. Leider habe ich zufällig am nächsten Tag keinen Dienst und somit auch vor mir selbst keine Ausrede, warum ich Mutter meine Hilfe verweigern sollte.

Ich fahre also vierzig Kilometer von Chemnitz nach Freiberg und muss lange warten, ehe mir endlich die Tür geöffnet wird.

In der Wohnung ist es wie immer heiß und

stickig, die Heizung bis zum Anschlag aufgedreht und gleichzeitig ein Fenster gekippt. Ich hatte schon oft diese Verschwendung kritisiert und ihr geraten, im Winter nicht kurzärmelig herumlaufen, sondern einen Pullover anzuziehen.

„So etwas besitze ich gar nicht. Außerdem ist die Heizung zum Heizen da und das Fenster zum Lüften."

Das stimmt, doch eben nicht gleichzeitig. Sämtliche Türen stehen offen, auch die zur Toilette. Wie immer schließe ich die Klotür automatisch und wie immer ärgert sich Mutter laut darüber. Mehrere Schranktüren sind geöffnet und Schubläden herausgezogen. Das ist eine neue Marotte von ihr oder einfach Unachtsamkeit. Doch ich sage nichts dazu und schließe auch die Schübe nicht.

Ich helfe Mutter, die Treppen vom zweiten Stock herunter zu steigen. Sie umklammert mit der rechten Hand das Treppengeländer und stützt sich mit ihrem ganzen Gewicht von mehr als hundert Kilogramm auf meinen Arm. Einen Fuß schiebt sie leicht nach vorn und lässt sich dann voll nach unten auf die nächste Stufe fallen, wobei sie mich fast umreißt.

„Pass doch auf!", faucht sie.

Unten angekommen bin ich vor Anstrengung durchgeschwitzt.

„Wie soll ich in das unmögliche kleine Auto kommen?", beschwert sie sich.

Mein Auto ist wirklich sehr klein. Ich besitze einen kleinen Suzuki Wagon, dessen Sitze höher sind als bei anderen Fahrzeugen. Sie fällt also nicht tief nach unten, sondern kann ganz einfach wie auf einem normalen Stuhl Platz nehmen. Doch ich verkneife mir jede Bemerkung, die fast von allein aus meinem Mund drängt. Jedes Wort wäre unnütz. Es könnte weder die Stimmung verbessern noch ihre garstigen Bemerkungen verhindern.

Wir fahren nun fünfundzwanzig Kilometer Richtung Chemnitz zurück. Erst am Hausschild erkenne ich, dass es sich bei diesem Arzt um einen Neurologen handelt. Mutter verrät mir nicht, ob ihr Hausarzt, das Krankenhaus oder sie selbst diesen Arzt auswählte.

Die Praxis befindet sich im ersten Stock. Sobald Mutter die Treppen bemerkt, schimpft sie: „Dort steige ich nicht hinauf. Das schaffe ich nicht. Auf gar keinen Fall!"

Ihre Wohnung befindet sich im zweiten Stock, sie geht täglich einkaufen und isst bei einem Metzger oder in einem Gasthof zu Mittag. Da könnte sie leicht die Treppen steigen.

Mir gelingt es, ruhig zu bleiben. Ich zeige mit der Hand wortlos auf den Fahrstuhl und schiebe sie hinein.

Beim Betreten des Warteraums jammert sie laut: „Ich kann nicht warten. Ich kann mich nicht setzen. Es ist zu schwer. Das verkrafte ich nicht." Im gleichen Augenblick laufen ihr die Tränen über die Wangen und man sieht der alten Frau an, wie schwer sie zu kämpfen hat.

Ich zeige auf einen bequemen Sessel. „Hier ist Platz, hier kannst du sitzen."

„Nein, dieser Teil ist viel zu niedrig. Das geht nicht."

Eine junge Frau steht sofort auf und weist mit der Hand auf ihren Stuhl. „Hier, bitte, dieser Platz ist besser für Sie."

Ich lächle die Frau an und danke ihr. Der Stuhl ist wirklich etwas höher und auch breiter und deshalb sicher bequemer für Mutter. Sie lässt sich schimpfend und stöhnend darauf fallen, während ich sie unter den Arm fasse und halte. Sobald sie sitzt, stößt sie meine Hand zur Seite und vergisst, der jungen Frau für ihre Freundlichkeit zu danken.

Obwohl wir einen Termin haben, müssen wir fast zwei Stunden warten. Ich halte das für unverschämt, doch es reicht, dass meine Mutter ständig Krach schlägt. Mal verlangt sie Wasser, mal tut ihr der Rücken schrecklich weh vom Sitzen, mal ärgert sie sich laut über einen hustenden Mann, mal über ein flüsterndes

Kind.

Später bittet mich der Arzt ins Sprechzimmer und stört sich nicht im geringsten an Mutters Protest. Er erklärt mir das Krankheitsbild einer beginnenden Demenz und rät mir dringend, mich um eine Pflege zu kümmern. Das gibt mir nun doch zu denken, denn es ist bereits der zweite Arzt, der Mutter für pflegebedürftig hält.

Während der Rückfahrt nach Freiberg spreche ich die vom Arzt erwähnte Pflegestufe an. Hier im Auto kann Mutter weder weglaufen noch mich zu irgendeiner Besorgung fortschicken.

„Nein, das will ich auf gar keinen Fall!", bestimmt sie.

„Aber warum?"

„Das wäre das Ende!", schreit sie und schlägt ihre Hände theatralisch vors Gesicht.

„Nein, das ist ein Anfang, der Anfang einer Hilfe für dich."

„Ich brauche keine Hilfe. Ich will meine Selbständigkeit behalten. Ich lasse mich nicht so abstempeln."

Was meint sie denn mit abstempeln?

„Der Arzt hat gesagt, du brauchst eine Pflegestufe, also wird diese beantragt." Ich bin fest entschlossen und so klingt auch meine Stimme.

Mutter fängt sofort an zu weinen. Habe ich ihr zu heftig widersprochen?

39

„Das ist das Ende", klagt sie immer und immer wieder. Mir tut sie sehr leid, wie sie so unglücklich neben mir sitzt. Doch ich erinnere mich rechtzeitig an die Worte meines Vaters: „Ich bete, dass sie niemals ernsthaft krank wird, denn dann wird jeder glauben, sie spielt nur Theater."

Ich sage mir also, dass Mutter ganz sicher nur Theater spielt und beschließe, mich noch heute um eine Pflege zu kümmern. Es gibt ohnehin keine Alternative.

Mutter verabschiedet mich unten an der Haustür und stapft sichtlich verärgert ganz allein und ohne Hilfe die Treppen hinauf zu ihrer Wohnung. Eigentlich wollte ich abwarten und sicher sein, dass sie heil oben ankommt, doch sie hat offensichtlich ihre Kräfte zurück und kommt allein zurecht.

Bei meinem Besuch eine Woche später erschrecke ich zutiefst. Die Mutter öffnet mir die Tür, ihre Hosen hängen in der Kniekehle und ihre Beine sind voller Kot. Das finde ich entsetzich eklig. Doch hier und jetzt bleibt keine Zeit zum Nachdenken, ich muss sofort handeln. Also säubere ich sie und ziehe ihr frische Wäsche an.

„Ich muss jetzt ins Bett. Ich bin fix und fertig." Ihre Stimme klingt vorwurfsvoll, als hätte ich ihr

Unwohlsein verursacht. Sichtlich mühsam hangelt sie sich an der Wand und den Möbeln entlang Richtung Schlafstube. Doch sie schlägt meine Hand zurück, als ich sie stützen will. „Geh endlich! Ich will meine Ruhe."

Sie sagt dies sehr giftig, doch ich stelle mir vor, wie peinlich ihr die Situation ist und frage: „Soll ich dir inzwischen etwas einkaufen?"

„Nein, das kann die machen."

„Welche *die*?"

„Na, meine Nachbarin."

Ich erfahre, dass im Erdgeschoss eine Frau wohnt, die nicht arbeiten geht, weil sie ihren schwerstbehinderten Mann pflegt und sich nun zusätzlich um Mutter kümmert.

Diese hilfsbereite Frau will ich unbedingt kennenlernen und sie fragen, ob sie zurecht kommt. Außerdem fürchte ich, dass Mutter ähnlich schroff mit ihr umgeht wie mit mir und Dank nicht für nötig hält.

„Ich laufe gleich mal zu ihr", verkünde ich.

„Hat keinen Zweck, die ist nicht da. Macht eine Ausfahrt. Mit einem Behinderten." Sie schnieft verächtlich. „So ein Blödsinn."

Mutter dreht sich zur Seite und schläft augenblicklich ein. Ich putze und schrubbe noch Küche und Bad, bevor ich nach Hause fahre.

Ich bin außerordentlich froh darüber, dass der Arzt vom Krankenhaus trotz Mutters heftiger Gegenwehr die Pflegestufe beantragte. Kurz darauf meldet sich ein Gutachter vom Sozialmedizinischen Dienst. Er legt fest, dass ab sofort die Pflegestufe Eins in Kraft tritt, bei der die Krankenkasse einen festen monatlichen Betrag für die Pflege zusteuert.

Doch Mutter weigert sich, Hilfe von Fachpersonal in Anspruch zu nehmen. Sobald ich mit ihr darüber reden will, beschimpft sie mich, bricht das Gespräch ab und schickt mich weg. Ich verstehe, dass sie unabhängig bleiben möchte, doch ich sehe, dass sie allein nicht mehr zurecht kommt und diese Hilfe wirklich braucht.

Schließlich einigen wir uns darauf, dass der Pflegedienst zwei Mal pro Woche zum Waschen und Vorsortieren der erstaunlich vielen Medikamente kommt. Diese wenigen Dienstleistungen verbrauchen kaum die Hälfte des monatlichen Betrages, der für die Pflege zur Verfügung steht. Mutter lässt das restliche Geld einfach verfallen. Ihrer Meinung nach steht es weder der hilfsbereiten Nachbarin noch mir zu. Immerhin sei ich als Tochter ihr verpflichtet. Natürlich erwarte ich keinen Lohn für meine Hilfe, doch dass sie das Geld lieber verfallen lässt, finde ich nicht in Ordnung.

Ich hatte immer das Gefühl, als wäre in Mutters Kopf eine schreckliche Leere und habe einfach nicht gewusst, wie ich mit dieser Leere Kontakt aufnehmen soll.

Vielleicht lag es daran, dass sie mich nie anschaute, wenn sie etwas erzählte oder ich etwas sagte. Dann hörte ich meist auf zu reden, weil ich glaubte, sie interessiere sich nicht dafür. Für mich ist der Blickkontakt sehr wichtig. Hinzu kommt, dass ich seit einer Mittelohrentzündung im dritten Lebensjahr schwerhörig bin und deshalb schon früh das Ablesen der Worte von den Lippen lernte. Laute Gespräche in einer Gruppe bedeuten für mich ein wirres Durcheinander von Wortfetzen, die ich nicht zusammensetzen kann. Deshalb ist es mir am liebsten, wenn immer nur einer spricht und alle anderen zuhören – genau wie in einer Schulstunde.

Schwerhörigkeit ist für mich am schlimmsten in der eigenen Familie zu ertragen, weil es schließlich nicht zu sehen ist, dass ich nichts höre. Wenn ich um Wiederholung bitte, werde ich meist nur überrascht bis ärgerlich angeschaut.

Deshalb hatte ich als Kind den Eindruck, dass alle absichtlich schnell redeten, leise sprachen, nuschelten, in eine andere Richtung oder gar aus einem anderen Raum riefen. Ich fühlte mich ausgegrenzt und wurde mit der Zeit misstrauisch.

Heute sage ich nichts mehr. Wenn etwas wirklich wichtig ist, wird man es automatisch wiederholen. Ich habe gelernt, aus den Wortfetzen einen Sinn zusammenzubasteln, weiß allerdings nie, ob er stimmt. Hase, Nase, Vase, Straße, Blase, Phrase – für mich klingt das alles gleich.

Schlüsseldienst

Das Telefon klingelt, auf dem Display steht *Mutti*.

„Mein Telefon ist weg!", höre ich ihre recht verzweifelte Stimme.

„Welches?", hake ich nach. Sie besitzt ein Handy und einen schnurlosen Festnetzanschluss. Für das Handy hat sie einen festen Platz, doch das andere Telefon schleppt sie überall mit hin. Mal liegt es im Schlafzimmer, mal in der Stube und ein anderes Mal in der Küche.

„Weiß ich nicht. Es ist eben weg."

„Mutti, das ist nicht weiter schlimm. Du hast immerhin eins, mit dem du telefonieren kannst. Das andere suchen wir morgen, wenn ich komme."

„Nein, ich brauche das jetzt. Du musst kommen! Sofort!"

„Ich kann jetzt nicht kommen, das geht erst morgen. Bleib ruhig, ich lasse mir etwas einfallen."

Ich rufe meine Kusine Marion an, die nicht weit von meiner Mutter entfernt wohnt, und erkläre ihr die Situation. Sie ist tatsächlich so nett, setzt sich unverzüglich auf ihr Rad und fährt zu Mutter. Dort findet sie das Telefon hinter der offenen Klotür. Ich freue mich über Marions Hilfe, doch ich ärgere mich gleichzeitig über Mutters Sturheit. Sie war nicht in Not und hätte leicht ihr zweites Telefon benutzen können, doch sie bestand darauf, das vermisste sofort zu beschaffen. Und ich habe mich wie immer gekümmert, obwohl ich mich etwas zurücknehmen wollte.

Sonntag. Trotzdem muss ich kurz nach vier Uhr aufstehen, weil ich Frühdienst habe. Völlig erschöpft komme ich 13 Uhr nach Hause und freue mich über den liebevoll gedeckten Tisch. Klaus hat Schnitten für ein kleines Mittagessen vorbereitet und diese mit Gurkenscheiben dekoriert. Außerdem liegen Orangenspalten auf einem Teller. Er hebt sein Glas Wein an, um mir zuzuprosten und weiß, dass ich mich sofort nach dem Essen ins Bett legen möchte. Kaum sitze ich am Tisch, klingelt das Telefon.

„Ich kann nicht raus!", beklagt sich Mutter. „Der Schlüssel lässt sich drehen, doch die Tür geht nicht auf."

Offenbar klemmt das Schloss.

„Wolltest du einen Spaziergang machen?", frage ich.

„Wie kommst du darauf?"

„Du hast gesagt, du kannst nicht raus."

„Ich will gar nicht raus. Ich will nur aufschließen."

„Verstehe. Doch wenn du nicht raus musst, ist es erst einmal nicht so schlimm."

„Nicht schlimm? Ich kriege die Tür nicht auf! Hörst du das nicht? Klaus muss sofort kommen!"

Klaus *muss* sofort kommen. Wie immer lässt sie keinen Zweifel daran, dass es dringend ist und wir ohne Diskussion zu helfen haben. Doch dieses Mal will ich nicht so schnell nachgeben. Ruhig erkläre ich: „Wir möchten jetzt eine Stunde schlafen. Du machst auch immer Mittagsschlaf, richtig?"

„Was geht dich mein Mittagsschlaf an? Wenn ihr jetzt nicht sofort kommt, rufe ich den Schlüsseldienst", droht sie.

„Mutti, heute ist Sonntag, der Schlüsseldienst kostet sicher doppelt so viel wie an normalen Wochentagen."

„Na und? Das geht dich nichts an! Es ist mein Geld."

Ich seufze resigniert und sage: „Trotzdem bitte ich dich, bis morgen zu warten. Falls es Klaus nicht gelingt, das Schloss zu entriegeln, kann er immer noch den Schlüsseldienst rufen."

Darauf erhalte ich keine Antwort, Mutti hat aufgelegt – wie immer, wenn sie gesagt hat, was sie sagen wollte. Unangenehm empfinde ich nach wie vor, dass sie mich weder begrüßt noch sich verabschiedet. Sie legt immer unvermittelt mitten im Gespräch auf. Auch meldet sie sich nie mit ihrem Namen. Natürlich kann ich auf dem Display sehen, wer anruft, doch gehört für mich der Name und ein Gruß zur minimalen Höflichkeit einfach dazu.

„Wir halten jetzt wie geplant unseren Mittags-schlaf", ordnet Klaus an. „Deine Mutter erwartet, dass wir sofort alles fallen, stehen und liegen lassen und zu ihr kommen. Es ist nichts passiert, sie kann bis morgen warten."

Klaus hat wie immer Recht. Sie ruft an, wenn sie Appetit auf Bier oder das Telefon verlegt hat und wird böse, wenn wir nicht sofort zum Auto rennen und losfahren. Ich lege mich ins Bett und schlafe sofort ein, denn ich fühle mich völlig ausgelaugt von der harten Arbeit in der Küche und der ständigen Sorge um Mutter, die mich aus vierzig Kilometer Entfernung kommandiert.

Doch bald weckt mich das Telefon, das direkt neben mir auf dem Nachttisch steht.

„Die machen meine Tür kaputt!" Mutters Stimme klingt fast triumphierend, so, als sagt sie, dass wir daran schuld sind und sie das immer schon wusste.

Im Hintergrund höre ich lautes Hämmern und Bohren und bin sofort ernsthaft besorgt.

„Ich fahre jetzt nicht nach Freiberg!", bestimmt Klaus. „Sie macht sowieso, was sie will und jetzt ist ein Schlüsseldienst vor Ort. Was soll ich also noch ausrichten?"

Das klingt logisch und ich gebe mich zufrieden.

Am nächsten Morgen können wir sofort nach dem Frühstück zur Mutter fahren, denn ich habe frei. Als wir vor ihrer Wohnung stehen, trifft uns jedoch fast der Schlag. Der Rahmen und das Türblatt sind schwer beschädigt, als hätte jemand mit dem Stemmeisen gearbeitet. Es sieht jedenfalls nach einem groben Einbruch aus. Mich beruhigt, dass wenigstens ein Schloss eingebaut ist.

„Der Monteur kommt gleich, seine Karte liegt auf dem Tisch", erklärt Mutter – wie immer ohne Einleitung und ohne Begrüßung. Sie weist mit ihrer Hand wortlos auf die gefüllte Abfalleimer, die mitten im Flur stehen und erinnert damit Klaus an seine Aufgabe.

Doch um will er sich später kümmern. Zuerst ruft er umgehend den Handwerker an und erfährt von ihm, dass sich Mutter über die Telefon-Auskunft mit mehreren Schlüsseldiensten verbinden ließ und offenbar auf verschiedene Anrufbeantworter gesprochen hatte. Als der Handwerker kam, war die Tür bereits schwer beschädigt, das komplette Schloss samt Drücker entfernt und die „Monteure" verschwunden. Die Tür stand sperrangelweit offen und hätte sich ohnehin nicht mehr schließen lassen. Er habe eine notdürftige Reparatur durchgeführt und eine Behelfsschließe eingebaut. Inzwischen habe er die passenden Teile besorgt und würde in der nächsten Stunde seine Arbeit fachgerecht abschließen.

„Der Handwerker hat uns dringend geraten, diese Gauner anzuzeigen, die die Tür mit Gewalt aufgebrochen, beschädigt und ohne jede Reparatur zurückgelassen haben", erklärt Klaus abschließend.

Ich fahre also sofort zur Polizei und lege als Beweis die Rechnung des Schlüsseldienstes vor, der die Tür gewaltsam aufgebrochen hatte. Darauf ist seltsamerweise keine Adresse vermerkt, nur eine Handynummer und die unglaublich hohe Summe von 980 Euro.

„Hat Ihre Mutter das bezahlt?", fragt ganz sachlich der Polizist.

„Nein, so viel Geld hatte sie nicht daheim. Die Gauner verlangten daraufhin ihre Bankkarte."

Der Beamte schaut auf. „Hat sie die Karte ausgehändigt?"

Ich schüttle den Kopf. „Meine Mutter wusste vor Schreck weder, wo sie die Karte deponiert hatte noch fiel ihr die Geheim-Nummer ein. Die Männer haben noch eine Weile gesucht und sämtliches Bargeld, das meine Mutter im Haus hatte, eingesteckt."

„Wie viel war das genau?"

Dieses Mal ärgert mich die sachliche Frage. Dass die fremden Männer Mutters Schränke durchwühlten, scheint ihn nicht zu berühren.

„Das weiß meine Mutter leider nicht. Sie hat immer mehrere hundert Euro in verschiedenen Geldbeuteln daheim. Es können 200 oder 600 Euro oder auch mehr gewesen sein."

Der Polizist tippt alles in ein Formular, was schrecklich lange dauert. Ich sitze die ganze Zeit untätig herum und frage mich, warum er den Schriftkram nicht später erledigt.

Endlich ist er fertig. Doch er spricht nicht mit mir, sondern ruft Mutter an. Ihr stellt er genau die gleichen Fragen wie mir, obwohl ich diese längst beantwortet habe. Anschließend füllt er ein weiteres Protokoll aus, ohne mich um Geduld zu bitten. Er konzentriert sich derart auf seine Aufgabe, dass er mich offenbar gar nicht mehr wahrnimmt.

„Kann ich jetzt gehen?", frage ich genervt.

Erstaunt schaut er auf, tippt kurz weiter und sagt: „Wir sind noch nicht fertig."

Schließlich wählt er die Nummer einer Telefonauskunft und fragt nach dem Mitarbeiter, der Mutter mit einem Schlüsseldienst verbunden hat. Seltsamerweise kann sich keiner an solch eine Vermittlung erinnern. Da ich nicht weiß, welche Auskunft Mutter nutzt, führt er drei solche Gespräche und notiert anschließend die Antworten. Wieder dauert das Ausfüllen der Protokolle ewig lange.

Dann schaut er mich ernst an und legt seine Arme auf den Schreibtisch.

„Wissen Sie, diverse Schlüsseldienste arbeiten auf diese Weise, das ist der Polizei bekannt. Einer gerichtlichen Vorladung folgen sie nicht. Deshalb stellt man das Verfahren bald wieder ein."

Normalerweise verschlägt es mir nicht so schnell die Sprache, doch im Moment bin ich völlig fassungslos. Seit drei Stunden sitze ich auf der Polizeidienststelle herum und musste mehrfach den möglichen Vorgang beschreiben und diverse Protokolle unterzeichnen. Zum Schluss erklärt mir der Beamte wie nebenbei, dass dies kein Einzelfall, sondern die Normalität sei. Die finanzielle und seelische Schädigung einer alten, wehrlosen Frau zählt offenbar nicht als Straftat. Wenn derartige Machenschaften von Polizei und Gericht als völlig normal abgetan und nicht konsequent strafrechtlich verfolgt werden, befürchte ich, dass sich solch eine lukrative Geschäftsidee schnell verbreitet.

Inzwischen hat der Handwerker bereits eine neue funktionierende Drückergarnitur einge-baut. Außerdem lässt sich das neue Schloss selbst dann von außen aufsperren, wenn von innen ein Schlüssel steckt. Das könnte in einer Notsituation sehr nützlich sein. Die Schäden an der Tür und dem Rahmen kann er allerdings nicht beseitigen. Dazu muss ein Tischler beauftragt werden.
Mutter ist so durcheinander, dass sie einwilligt, mir einen der neuen Schlüssel zu überlassen. Erleichtert stecke ich ihn in meine Tasche. Ab jetzt darf ich ihre Tür aufsperren, wenn Mutter nicht selbst dazu in der Lage ist.

Leider will die Wohnungsverwaltung die

Rechnung des Handwerkers nicht übernehmen. Deshalb füllen wir gleich einen Überweisungsbeleg aus, den Mutter nur noch unterschreiben muss.

„Wieso soll ich noch etwas bezahlen? Das kommt überhaupt nicht in Frage."

Ich setze mich zu ihr aufs Sofa und erkläre: „Mutti, du hast nur den ersten Schlüsseldienst bezahlt, der dir die Tür und das Schloss kaputt gemacht hat. Dieser Handwerker hier hat dir ein neues Schloss eingebaut. Deshalb musst du ihn bezahlen."

Mutter schüttelt den Kopf. „Das wüsste ich."

Wir bedanken uns bei dem Mann und versichern ihm, dass wir dafür sorgen, dass er sein wohlverdientes Geld bekommt.

Ich halte Mutter den Kugelschreiber hin. Sie greift danach, schaut ihn allerdings irritiert an, als wüsste sie nicht, was sie damit machen soll. „Hier musst du unterschreiben!", sage ich und tippe auf den Bankbeleg.

Dabei merke ich, dass sie diesen weder sehen noch zuordnen kann und schon gar nicht in der Lage ist, ihn zu unterschreiben. Sie hält immer noch den Stift in die Luft und wirkt ziemlich hilflos.

Auch ich fühle mich recht hilflos. Mir wird auf einmal klar, wie leicht es ist, alte Menschen zu verwirren und zu einer Unterschrift zu bewegen.

Mutter wirft den Stift auf den Tisch und faucht: „Lasst mich in Ruhe! Ich überweise das selbst. Ich muss sowieso zur Bank, weil ich kein Bargeld mehr daheim habe."

„Das brauchst du nicht. Ich kann das für dich erledigen", bietet Klaus sofort an.

„Dann müsste ich dir meine Karte geben und das kommt überhaupt nicht in Frage", giftet sie.

Klaus bleibt gelassen. „Gut. Dann fahre ich dich mit dem Auto zur Bank."

Dort merkt er, dass sie den Geld-Automat nicht bedienen kann. Sie reicht ihr Kärtchen einer Angestellten.

'"Frau Müller, Sie sollten wirklich bald Ihrer Tochter oder Ihrem Schwiegersohn eine Bankvollmacht geben."

Auf diesen gutgemeinten Rat der Bankange-stellten reagiert Mutter nicht, als hätte sie kein Wort gehört.

Vorsorgevollmacht

„Mutti, ich möchte heute über etwas sehr wichtiges mit dir sprechen."

„Was wird das schon sein?", winkt sie ab.

„Es geht um eine Vorsorgevollmacht. Du weißt sicher noch, was du für Probleme hattest, als

Vati krank wurde."

„Da gab es keine Probleme. Das haben die Ärzte gut geregelt."

„Ich meine nicht die Patientenverfügung, die alles mit der Gesundheit und den Ärzten regelt. Ich meine die Vorsorgevollmacht. Du konntest damals nicht an Vatis Bankkonto und hattest echte Schwierigkeiten."

„Du redest Unsinn."

Ich atme langsam aus und zähle in Gedanken bis fünf. Kann es sein, dass sie vergessen hat, wie schwierig es war, Geld für die Beerdigung abzuheben? Die Bank hatte Vaters Konto eingefroren und wartete den Erbschein ab.

So ruhig wie möglich sage ich: „Jedenfalls sollten wir jetzt über eine solche Vollmacht reden"

„Wozu soll das gut sein?"

„Darin bestimmst du, wer deine Angelegenheiten regeln soll, wenn du es selbst nicht mehr kannst."

„Das weiß ich längst."

„Gut." Ich seufze und hole tief Luft. „Dann ist dir also klar, wie wichtig solch eine Vollmacht ist."

„Ich will aber nicht darüber reden. Hol mir lieber eine neue Flasche Wasser! Die hier ist gleich leer. Siehst du das nicht?"

Ich stehe auf und hole die Flasche, schraube sie auf und drehe sie leicht wieder zu. Meist sind die Verschlüsse so fest, dass Mutter sie nicht öffnen kann.

Nun habe ich den Faden verloren. Dabei hatte ich mir fest vorgenommen, mich nicht von ihr irritieren zu lassen.

„Weißt du, diese Vollmacht ...“

„Das habe ich längst vom Notar aufsetzen lassen.“

Das wundert mich jetzt doppelt, denn erstens braucht man dazu keinen Notar und zweitens wäre es wichtig, dass ich als Tochter darüber Bescheid wüsste. Und zwar auch dann, wenn sie nicht mich darin eingesetzt hat. Denn im Ernstfall müsste ich denjenigen informieren. Sie bespricht alle ihre Versicherungs- und Geldangelegenheiten lieber mit Mitgliedern des Faschingsclubs als mit ihren Kindern. Ich habe keine Ahnung von ihren Einkünften und Ausgaben. Mir vertraut sie gar nichts an, sondern spricht immer nur von meinen Pflichten ihr gegenüber.

„Das ist gut“, sage ich. „Wen hast du eigentlich bestimmt, deine Interessen wahrzunehmen?“

„Na, dich. Wen denn sonst?“

Nun bin ich wirklich überrascht. Denn das hätte sie besser *vorher* mit mir besprechen sollen. Doch wenn ich allein in dieser Verfügung stehe, könnte das Ärger mit meinen Geschwistern geben.

„Und Jutta?"

„Die auch. Aber Detlef nicht."

Detlef ist unser Bruder, der Jüngste in der Familie. Immerhin ist es gut, wenn zwei eingetragen sind. So muss ich mich mit meiner Schwester abstimmen und vermeide jeden Streit, falls ich ihrer Meinung nach falsch entscheide. Das wird hoffentlich der Notar ausführlich erklärt haben.

„Wo hast du den Vertrag?", will ich wissen.

„Das geht dich nichts an!"

Ich seufze und sage etwas gereizt: „Das geht mich sehr wohl etwas an, denn ohne das Papier kann ich nicht beweisen, dass ich für dich sprechen darf."

„Du gehst mir auf den Geist! Besser, du gehst endlich heim!"

Vielleicht ist das alles zu viel für sie. Ich weiß nicht, ob sie nicht versteht, dass sie mit mir sprechen muss, oder ob sie es einfach nicht will, nicht für nötig hält. Offenbar schaffe ich es nicht, mich verständlich auszudrücken.

Bevor ich mich verabschiede, fällt mir noch ein wichtiger Punkt ein. „Hast du auch eine Patientenverfügung?"

„Logisch."

„Dann musst du mit mir darüber reden, falls ich darin stehe."

„Wozu?"

„Weil ich wissen muss, wie du alles geregelt haben möchtest."

„Das erfährst du früh genug."

Wie meint sie das jetzt wieder? Sollte sie nicht für sich selbst sprechen können, muss ich wissen, welche medizinischen Maßnahmen sie wünscht und welche sie ablehnt. Natürlich hoffe ich, dass solch eine Situation nicht eintritt. Aber ich möchte sicher gehen, dass ich *ihre* Interessen vertrete und nicht meine.

„Wie soll ich dir helfen, wenn ich gar nicht weiß, wie du es gerne hättest?"

„Noch lebe ich!", schreit sie mich an.

„Es geht dabei um dein Leben, Mutti."

Offenbar weiß sie gar nicht so genau, wozu eine Patientenverfügung gut ist. Ich erkläre also: „In der Patientenverfügung legst du fest, was der Arzt alles darf und was nicht, falls du nicht reden kannst. Verstehst du?"

„Ich verstehe nur, dass du mich quälen willst. Musst du immer von meinem Tod reden?"

„Aber ich ..."

„Du hörst jetzt sofort auf damit! Du hast mich genug verletzt mit diesem Thema. Verschwinde jetzt! Ich will dich nicht mehr sehen."

„So darfst du dich nicht von deiner Mutter behandeln lassen!", schimpft Klaus, als ich ihm von meinem vergeblichen Versuch erzähle, mit ihr über diese wichtigen Papiere zu sprechen.

„Sie ist alt, sie weiß nicht, was sie sagt."

„Sie weiß das sehr wohl."

Ich verdrehe die Augen. Es stimmt zwar, dass Mutter immer recht garstig und boshaft war, doch irgendwie kann ich ihr nicht mehr ernsthaft böse sein. Seit dem Tag, an dem ich ihr den Hintern säubern musste, verletzen mich seltsamerweise ihre Worte nicht mehr. Sie erreichen nur noch meine Ohren, gelangen jedoch nicht mehr in mein Herz.

Im Moment ärgert mich, dass sie zwar die wichtigen Papiere hat, mir aber nicht sagen will, wo sie sich befinden und was darin steht. Wenn ich sie vertreten soll, muss ich das schließlich wissen.

„Jedenfalls kommt sie allein nicht mehr zurecht, sie braucht Hilfe", sage ich seufzend.

„Das ist noch lange kein Grund, so boshaft zur eigenen Tochter zu sein. Du solltest einfach ein paar Tage nicht zu ihr fahren, dann wird sie merken, dass sich sonst keiner kümmert."

Ich verstehe seinen Ärger sehr gut. Doch Mutter meine Hilfe zu verweigern, bringe ich nicht übers Herz.

„Sie braucht auf jeden Fall Pflege."

„Aber das gibt sie nicht zu", ergänzt Klaus kopfschüttelnd.

„Sie kommt mir vor wie ein trotziges, hilfloses

kleines Kind, das rund um die Uhr Zuwendung und Fürsorge braucht, sich aber dagegen wehrt."

„Sag ich doch. In einem Heim hätte sie die Hilfe, die sie braucht", fasst Klaus zusammen.

„Das stimmt. Doch sie will nicht ins Heim und gegen ihren Willen geht das nicht."

Bankkonto

Zwei Wochen später rufe ich Mutter an.

„Mutti, heute ist der Termin bei der Sparkasse. Ich hole dich in einer Stunde ab. In Ordnung?"

„Wozu?"

„Du willst, dass ich dir bei deinen Bankangelegenheiten helfe. Das musst du in deiner Filiale unterschreiben."

„Aber doch nicht sofort."

Jetzt geht dieses Theater wieder los, denke ich. Laut sage ich sehr bestimmt: „Doch, das war so abgesprochen und du weißt, dass es nötig ist. Ich fahre jetzt jedenfalls los."

Mutter öffnet auf mein Klingeln die Haustür nicht. Zum Glück habe ich seit kurzem einen Schlüssel und kann deshalb selbst aufschließen. Ihre Wohnungstür im zweiten Stock steht sperrangelweit offen, der Fernseher in der

Stube läuft und sie liegt in ihrem Schlafzimmer im Bett.

„Hallo, Mutti. Ist dir nicht gut?"

Ich beuge mich über sie.

„Mir ist langweilig."

„Jetzt nicht mehr, denn jetzt wollen wir zur Sparkasse."

„*Du* wolltest zur Sparkasse, ich nicht."

„Ich will mit dir zur Bank, um dir zu helfen."

„Nein – ich will dort nicht hin."

Mutter dreht sich zur Wand und mir ihr Hinterteil zu. Was soll ich jetzt machen? Der Termin ist seit Tagen mit ihrem Bankberater vereinbart. Ich will ihn nicht platzen lassen.

„Ich fürchte, du musst dich dazu aufraffen. Wir dürfen den Mann nicht warten lassen."

Mutter schnieft verächtlich und faucht: „Lass mich in Ruhe!"

„Mutti, ich habe heute extra frei genommen und bin vierzig Kilometer hierher gefahren. Mir ist es außerdem peinlich, den Termin abzusagen."

„Das ist dein Problem, nicht meins."

Sie dreht sich nicht zu mir um, als sie zischt: „Geh endlich!"

Dann zieht sie sich die Decke über ihren Kopf. Es bleibt mir nichts anderes übrig, als den Termin bei der Bank abzusagen.

Erst zwei Wochen später erlaubt Mutter, dass

ich einen neuen Termin für eine Unterschrift vereinbare. An diesem Tag will sie ihre beiden Freundinnen in der Fischgaststätte treffen. Ich weiß, dass sie nicht mehr gern mit dem Bus fährt, weil sie nicht nur Schwierigkeiten beim Ein- und Aussteigen hat, sondern die Halte-stellen nicht mehr erkennt. Diesen Umstand nutze ich und verspreche ihr, sie nach dem Banktermin direkt bis zum Fischgasthof zu fahren. Sofort sagt sie zu.

Sie steht schon unten vor der Tür, als ich sie abholen will. So sehr freut sie sich, ihre Freundinnen wiederzusehen. Zuerst fahren wir zur Sparkasse. Der Berater will ihr alles ganz genau erklären, doch sie winkt ungeduldig ab.

„Jajaja, das weiß ich alles. Wo soll ich nun unterschreiben?"

Mich wundert, dass ihr Krakel, den man wirklich nicht als Unterschrift erkennen kann, überhaupt gültig ist. Der Banker beruhigt mich.

„Es ist alles in Ordnung. Wir kennen Ihre Mutter seit vielen Jahren und haben ihr bereits oft nahegelegt, Ihnen die Kontenberechtigung zu erteilen."

Mutter ist das zu viel „Gequatsche". Sie hievt sich mühevoll aus dem Stuhl und greift nach ihrem Stock. Diesen benötigt sie seit kurzem, weil sie sich recht unsicher auf den Beinen fühlt. Deshalb haben wir längst einen Rollator besorgt, den sie gern für ihre Einkäufe nutzt. Doch für die Stadt nutzt sie lieber den Stock.

„Komm endlich!", faucht sie und verlässt grußlos das Büro.

Der Banker lächelt mir beim Abschied zu. Ich nehme an, dass er Mutters Temperament schon kennenlernte.

Der Fischgasthof befindet sich in der Innenstadt. Zum Glück kann ich direkt vor der Eingangstür halten. Hier trifft sich Mutter jeden Monat mit ihren beiden Freundinnen zum Mittag und ausgiebigem Schwatz über alte Zeiten und Neuigkeiten aus den Familien.

Zwei Stunden später hole ich sie wieder ab. Mutter steht bereits vor der Tür.

„Wo bleibst du denn?", schimpft sie.

Ihre Freundin packt meinen Arm und zieht mich beiseite.

„Ihr müsst etwas unternehmen!", drängt sie. „So geht das nicht weiter. Deine Mutter hat überhaupt keinen Orientierungssinn mehr."

„Ich weiß. Aber das will sie nicht wahrhaben. Wenn ich versuche, mit ihr darüber zu sprechen, reagiert sie wütend."

„Sie ist stur und lässt sich nicht überzeugen. Du musst handeln!"

Das ist leicht gesagt, doch wie stellt sie sich

das vor? Soll ich Mutter gegen ihren Willen in einem Heim unterbringen? Das halte ich nicht für richtig, auch wenn es vermutlich besser für sie wäre.

Ich besuche sie nun aller drei Tage, was wegen der vierzig Kilometer Entfernung recht zeit- und auch kostenaufwändig ist. Ausrichten kann ich allerdings kaum etwas, da Mutter sich nicht helfen lassen will. Sie zeigt sich stets unzufrieden, beklagt sich und schickt mich weg. Meiner Meinung nach merkt sie, dass sie zunehmend auf Hilfe angewiesen ist. Doch diesen unangenehmen Gedanken schiebt sie weit von sich und will auf gar keinen Fall darüber reden.

Betreuung

Ende Februar 2016. Meine Schwester kommt aus Düsseldorf und will für Ordnung sorgen. Mir ist das ganz recht. So sieht sie wenigstens, wie es um Mutter bestellt ist und merkt, wie schwierig man mit ihr zurecht kommt.
Wir haben einen Termin beim Pflegedienst vereinbart und sitzen im Büro der Leiterin gegenüber. Jutta bemängelt, dass die Wohnung unserer Mutter so schmutzig ist.

„Ich weiß", antwortet die Frau. „Die Haushälterin kommt jeden Dienstag. Allerdings kann sie nicht viel machen, weil Ihre Mutter sie nichts machen lässt. Sie säubert praktisch nur das Bad und wischt in der Küche grob drüber, ansonsten darf sie nichts anrühren."

Das versuchte ich bereits mehrmals, meiner Schwester zu erklären. Mutter hat stets fettige Hände und beschmiert alles, was sie anfasst. Sie wird fuchsteufelswild, wenn ich den Lappen nehme und zumindest den Tisch säubere. Ich habe schon eine Decke gekauft und über das Sofa gelegt, weil die Sitzfläche fleckig und bekleckert ist. Diese Decke nehme ich in jeder Woche mit nach Hause und tausche sie mit einer frisch gewaschenen aus.

Im letzten Sommer hatte Mutter eine fürchterliche Fruchtfliegen-Plage. Die kleine Küche war schwarz vor Insekten, die bei jedem Luftzug aufflogen. In dieser Zeit kam ich fast täglich, um Obst zu entsorgen und die Schränke auszuwischen.

„Trotzdem kann man eine Frau nicht in ihrem Dreck sitzen lassen. Sie bezahlt für die Leistung, also muss diese auch erbracht werden", kritisiert meine Schwester.

Diesbezüglich hat Jutta vollkommen recht. Obwohl ich es gar nicht in Ordnung finde, wenn man sich über den Willen eines alten Menschen hinwegsetzt, ist mir klar, dass wir heute an einem Punkt angekommen sind, wo wir Schwestern etwas festlegen müssen, was unserer Mutter hilft - auch dann, wenn es ihr nicht gefällt.

Wir vereinbaren, dass die Pfleger ab sofort täglich und nicht wie bisher nur dreimal pro Woche zum Waschen und Anziehen kommen und bei Bedarf das Frühstück richten. Außerdem soll die Haushälterin den Einkauf übernehmen und verdorbene Lebensmittel entfernen.

Ich hatte schon mehrfach verschimmeltes Brot, angefaultes Obst und schmierige Wurst entdeckt und entsorgt. Die Wohnung ist immer überheizt und die Lebensmittel liegen oft nur auf dem Küchentisch statt im Kühlschrank, der ohnehin manchmal einfach offen steht.

Zusätzlich vereinbaren wir für drei Tage pro Woche eine Tagespflege. Dazu soll Mutter nach der Morgentoilette abgeholt und bis zum Nachmittag in einer Gemeinschaftseinrichtung betreut werden. Für all das kommt die Krankenkasse auf, wir müssen nichts zuzahlen.

Die Leiterin erbittet einen Schlüssel, um jederzeit in die Wohnung zu können. Mutter hatte bereits zwei Mal auf dem Boden gelegen und konnte nicht die Tür öffnen.

Daraufhin hatte ich bereits ernsthaft mir ihr gesprochen und Tante Hanni als Beispiel genannt. Diese lag zwei Tage und eine ganze Nacht hilflos in der Badewanne, ehe sie von Verwandten entdeckt wurde. Hätten diese Verwandten keinen Schlüssel gehabt. Wäre die Tante vermutlich gestorben.

Doch für Mutter ist das kein Grund, ihren Wohnungsschlüssel wildfremden Menschen zu überlassen. Sie misstraut dem Versprechen, dass der Schlüssel nur dann benutzt wird, wenn sie die Tür nicht selbst öffnen kann. Bisher wagte ich es nicht, ihr den Schlüssel gegen ihren Willen abzunehmen und dem Pflegedienst zu übergeben.

Nachdem wir den neuen Vertrag unterzeichnet haben, kommt für uns der schwierigste Teil: wir müssen alles unserer Mutter erklären.

Wie erwartet reagiert sie wütend und schreit: „Wie könnt ihr es wagen, über mich zu bestimmen?!"

„Ich hätte viel lieber alles vorher mit dir besprochen, aber du willst nicht darüber reden", wende ich ein.

„In die Tagespflege gehe ich auf gar keinen Fall", bestimmt sie. „Ich lasse mich nicht abschieben."

„Die Tagespflege war deine eigene Idee, weil dein Nachbar so zufrieden dort ist. Du wolltest es probieren."

„Aber nicht jetzt."

„Jetzt ist ein guter Zeitpunkt. Mein Vorschlag: übernächste Woche ist die geplante Untersuchung bei der Neurologin. Bis dahin probierst du die Tagespflege aus. Dann weißt du, ob es dir gefällt und kannst die Ärztin darauf ansprechen."

Mutter nickt. Doch wir sehen ihr an, wie heftig sie sich ärgert. Wir malen mit großer Schrift einen Plan mit allen Aktivitäten der Woche, damit sie sich orientieren kann. Mir ist klar, dass sie vor lauter Zorn nicht alle Punkte aufnehmen konnte. Insgeheim bin ich allerdings froh darüber, weil es weitere Diskussionen verhindert. Ich hoffe, dass sie sich den Plan in Ruhe anschaut und ihn vielleicht sogar annehmen kann.

Doch am Samstag ruft mich die Betreuung an und erklärt, dass Mutter ihr die Tür vor der Nase zugeschlagen hat. Sie wolle *wenigstens* am Wochenende ihre Ruhe und nicht belästigt werden. Dabei hatte ich ihr genau erklärt, dass der Pflegedienst ab sofort täglich kommt und ihr alles groß aufgeschrieben.

„Bitte versuchen Sie es morgen erneut! Ich

werde meine Mutter sofort anrufen."

Ich wähle ihre Nummer und weiß schon, bevor sie abhebt, dass mich gleich ein Donnerwetter erwartet.

„Hallo, Mutti, wie geht es dir?"

„Das wagst du noch zu fragen? Du bist unverschämt und ich will dich nicht mehr sehen. Nie mehr!"

Dann legt sie auf. Ich wähle erneut ihre Nummer, doch es ist besetzt. Vermutlich hat sie den Hörer einfach daneben gelegt, damit ich sie nicht mehr erreichen kann.

Mich ärgert solch ein kindisches Verhalten. Mutter war schon immer etwas speziell, doch ich habe den Eindruck, dass sie immer schwieriger wird.

Bei der Tagespflege gefällt es ihr überhaupt nicht. Sie mag weder basteln noch singen. Die Leute wären alle schrecklich alt und vor allem dumm, würden ständig schlafen oder nur vor sich hin schauen. Sie sei dort absolut fehl am Platz und müsse sich eine derart billige Bespaßung nicht bieten lassen.

Billig ist ihr neustes Schimpfwort, das sie mit größter Verachtung ausspuckt. Dabei hat sie daheim nur den Fernseher, in dem sie meiner Meinung nach ziemlich niveaulose Serien schaut.

„Irgend etwas wird es geben, was dir gefällt."

„Nur die Mittagsruhe in so einem großen weichen Sessel. Sogar am Vormittag darf ich da drin liegen."

Jetzt kann ich mir kaum das Lachen verbeißen. Sie beklagt sich über alte Leute, die am liebsten schlafen, ist dabei selbst alt und mag am liebsten schlafen.

Mutter bestimmt heftig: „Ein zweites Mal gehe ich jedenfalls nicht dorthin."

„Du wirst bis zum Arzttermin durchhalten! Du hast es versprochen!", erinnere ich sie.

„Ich will aber nicht", sagt sie trotzig und wirkt auf mich wie ein bockiges Kind.

Das bringt mich auf eine Idee.

„Du warst Lehrerin und einige Kinder mochten nicht rechnen, andere nicht in den Schulgarten. Doch sie mussten, weil es der Stundenplan vorgab. Und jetzt hast du ebenfalls einen Stundenplan, bist aber nicht mehr die Lehrerin, sondern auf der Schülerseite."

„Du spinnst!"

Vielleicht ist dieser Vergleich doch etwas ungeschickt gewählt, doch Mutter klingt nicht mehr ganz so abweisend.

Knapp zwei Wochen später fährt Klaus Mutter zur Neurologin. Ihn giftet sie nicht so an wie ihre Töchter. Ich weiß nicht, ob es daran liegt, dass er ein Mann oder daran, dass er nicht mit ihr verwandt ist. Ihm nimmt sie nicht einmal übel, wenn er sie recht scharf zurechtweist. Wenn sie ihn beschimpft, droht er ihr, seine Arbeit, die er gerade für sie verrichtet, abzubrechen und zu gehen. Dann gibt sie meist sofort nach.

Dabei mochte sie Klaus am Anfang gar nicht. Er hatte ihr viel zu lange Haare und was noch schlimmer war: er interessierte sich nicht für sie. Das nahm sie ihm übel, zudem mein früherer Freund ihr jedes Mal, wenn er mich abholte, Blumen oder Pralinen schenkte.
Als Klaus in Dresden studierte, stichelte sie: „Du glaubst doch nicht im Ernst, dass er dir treu ist. Er wird sich amüsieren und dich vergessen."
Als ich dann schwanger wurde, beschimpfte sie ihn als verantwortungslos.
Heute kann ich das eher verstehen als damals, denn zu DDR-Zeiten waren Wohnungen knapp und man musste oft noch viele Jahre bei den Eltern wohnen bleiben, auch dann, wenn man schon ein Kind hatte. So war es auch bei uns und für Mutter sicher eine große Belastung.
Jedenfalls bin ich Klaus sehr dankbar, dass er bei Mutter sämtliche handwerklichen Arbeiten übernimmt und sie heute zur Neurologin

begleitet.

Nach der Untersuchung mahnt die Ärztin energisch, den Wohnungsschlüssel unverzüglich der Pflege zu übergeben und sagt im Hinausgehen eindringlich zu Klaus: „Sie müssen den Schlüssel notfalls ohne Zustimmung an sich nehmen, es ist wirklich notwendig. Überlegen Sie, wer hier die Kranke ist, Sie oder Ihre Schwiegermutter!"
Noch am gleichen Tag übergibt Klaus den heimlich entfernten Schlüssel dem Pflegedienst.
Ich weiß, dass das richtig und notwendig ist. Mutter war schon mehrfach ohne Tasche aus dem Haus gegangen und einmal sogar ohne Hose. Oft ließ sie ihre Wohnungstür sperrangelweit offen, weil sie vergaß, sie zu schließen. Und doch habe ich kein gutes Gefühl, sie so hintergangen zu haben.

Drei Tage darauf ist Samstag. Als Mutter dem Pflegedienst nicht öffnet, entriegelt er selbst die Tür und steht in der Wohnung. Das bringt sie so in Wut, dass sie dem Mann die Tür weist.
„Hinaus! Und zwar sofort!"
Voller Zorn ruft sie mich an.
„Was erlaubst du dir, mir meinen Schlüssel zu stehlen und wildfremde Leute in meine

Wohnung zu lassen? Ich bin enttäuscht von dir und will in meinem ganzen Leben nichts mehr mit dir zu tun haben."

„Die Ärztin …

„Ich habe gehört, was die Ärztin gesagt hat. Ich bin schließlich nicht taub. Ich war sogar bereit, darüber nachzudenken."

„Mutti, nachdenken allein nützt nichts."

„Das erlaubt dir noch lange nicht, meinen Schlüssel zu stehlen. Ich will mit einer Diebin nichts zu tun haben." Danach legt sie auf. Dieses *tuut tuut* schmerzt in meinen Ohren. Mir geht es sehr nahe, dass sich Mutter hintergangen fühlt. Im Grunde stimmt das auch. Wir haben ohne ihre Zustimmung ihre Wohnung für Fremde zugängig gemacht.

Klaus tröstet mich: „Vielleicht ist es ganz gut, dass wir jetzt ein paar Tage nicht mehr zu ihr fahren. Außerdem musst du dir keine Sorgen machen, denn der Pflegedienst kümmert sich um sie." Er nimmt mich in den Arm. „Wir lassen sie in Ruhe. Sie will es so und wird sich melden, wenn sie wieder etwas braucht. Das wird schneller passieren als dir lieb ist."

Nun muss ich doch noch lachen.

Oster-Sonntag. Unser Sohn holt seine Oma in Freiberg ab und bringt sie zu uns. Sie tut, als wäre nie etwas vorgefallen und lässt sich das

Festmenü schmecken: Tomatensuppe als Vorspeise, Lachs mit Nudeln und Spinat als Hauptspeise und als Nachtisch selbstgekochte Grütze mit Vanilleeis. Anschließend hält Mutter wie gewohnt Mittagsschlaf. Zum Vesper gibt es selbstgebackene Eierschecke. Danach bringt Klaus sie zurück nach Freiberg.

Alles in allem genießen wir alle diesen schönen Familientag.

1. April 2016

„Ich glaube, ich bin gestürzt." Mutters Stimme am Telefon klingt unsicher.

„Himmel! Was ist denn passiert?", erkundige ich mich besorgt.

„Ich weiß nicht."

Sie kann sich nicht erinnern, ob sie gestern oder heute stürzte, sie weiß nur, dass ihr alles weh tut. Doch sie will seltsamerweise nicht, dass ich komme.

„Dann ist es ein Aprilscherz", bemerkt Klaus.

„Mutter scherzt nicht."

Klaus zuckt mit der Schulter, doch ich habe kein gutes Gefühl, einfach so abwarten.

Am Abend ruft Mutters Hausärztin an. Sie hatte einen Hausbesuch gemacht und klingt sehr energisch. „Sie müssen sich dringend um einen Heimplatz für Ihre Mutter kümmern."

„Ich sehe ebenfalls, dass sie allein nicht mehr zurecht kommt. Doch sie will nicht ins Heim und gegen ihren Willen werde ich sie auf keinen Fall irgendwo abgeben."

„Es geht nicht ums Abgeben, es geht um die Sicherheit, um die Gesundheit Ihrer Mutter. Sie ist gestürzt und hat überall Hämatome, zum Glück ist nichts gebrochen."

Jetzt bin ich erleichtert, weil ihre Knochen heil sind und offenbar nichts wirklich schlimmes passiert ist. Ich nehme mir vor, mit Mutter zu sprechen. Vielleicht kann ich sie davon überzeugen, hier in meiner Nähe eine Wohnung zu beziehen. Dann könnte ich mich täglich um sie kümmern.

Am nächsten Tag versuche ich, Mutter telefonisch zu erreichen. Doch sie hebt nicht ab. Sofort befürchte ich, dass es ihr schlecht geht, denn immerhin ist sie gestürzt. Dann fällt mir ein, wie oft sie absichtlich nicht ans Telefon ging, damit ich mir Sorgen mache und zu ihr fahre. Außerdem hatte ich mir nach ihrem letzten Auftritt im Krankenhaus geschworen, nie mehr auf ihr Theaterspiel hereinzufallen.

Als das Telefon klingelt, glaube ich, dass endlich Mutter anruft, um mir zu sagen, was ich sofort für sie zu erledigen habe. Ich lächle vor mich hin. Doch die Nummer auf dem Display kenne ich nicht und stellt sich schließlich als die Betreuerin des Pflegedienstes heraus.

„Wir mussten Ihre Mutter ins Krankenhaus einweisen, da sie durch nichts aus dem Bett zu bewegen war, nicht einmal zur Toilette."

Genau diesen Fall hatte Klaus vorausgesagt, dass Mutter eines Tages stürzen wird und man sie ins Krankenhaus einliefert. Nun bin ich froh, dass er ihr vor nicht einmal zwei Wochen den Schlüssel entwendete und dem Pflegedienst übergab. Wer weiß, wie lange sie hilflos auf dem Boden gelegen hätte, ehe sie von jemandem entdeckt worden wäre. Daran darf ich gar nicht denken.

Jedenfalls fahre ich sofort nach Freiberg ins Krankenhaus. Mutter liegt im Bett und ist ungewöhnlich ruhig, direkt friedlich. Das sollte mich eigentlich freuen, doch ist dieser Zustand derart ungewohnt, dass er mich völlig irritiert und beunruhigt. Ich vermute, dass sie mit Hilfe von Medikamenten ruhig gestellt wurde.

Leider ist kein einziger Arzt zu erreichen. Die Schwestern vertrösten mich auf den nächsten Tag und bitten mich, Toilettenartikel und Wäsche mitzubringen, da Mutter diesbezüglich nichts bei sich hat.

Am nächsten Tag teilt mir der Arzt ohne Umschweife mit: „Ihre Mutter hat sich den zwölften Rückenwirbel gebrochen, wir werden übermorgen operieren."

„Operieren? Ist das wirklich nötig?"

Der Mann verdreht die Augen. Es ist ein sehr junger Arzt, der mir recht forsch zu verstehen gibt, wer hier der Experte ist. Das sehe ich zwar ebenso, doch scheint mir ein Eingriff direkt an der Wirbelsäule ziemlich riskant zu sein.

„Rollstuhl oder OP – eine Alternative gibt es nicht", schnauzt er, lässt mich einfach stehen und rauscht davon.

Daheim suche ich im Internet, ob es tatsächlich keine Alternativen zur Operation gibt. Dieser Eingriff ist mit großen Schmerzen verbunden und Mutter übertrieben wehleidig. Außerdem könnte sie sogar nach einer erfolgreichen Operation im Rollstuhl landen.

Im Internet-Artikel wird zu gymnastischen Übungen geraten, die den Wirbel stärken. Deshalb möchte ich unbedingt mit dem Arzt darüber sprechen. Auf dieses Gespräch bereite ich mich gründlich vor und schreibe mir die Fachbegriffe, wichtigste Tipps und deren Begründungen auf ein Blatt.

Diese Mühe hätte ich mir sparen können, denn der Arzt hört mir gar nicht zu und spottet über mein Internet-"Wissen". Er dreht sich einfach um und geht davon. Dabei murmelt er halblaut über die Schulter: „Also wird sie heute entlassen."

„Moment!", rufe ich. Ich laufe ihm nach und stelle mich direkt vor seine Füße, so dass er mir nicht ausweichen kann. Wäre er allein, würde er mich jetzt vermutlich einfach beiseite schieben. Doch um ihn herum stehen drei weitere Ärzte, die offensichtlich hören wollen, was ich zu sagen habe. Ziemlich aufgebracht frage ich: „Meine Mutter durfte sich bis jetzt nicht einmal bewegen und soll plötzlich nach Hause, wo sie ganz allein ist?"

Der Arzt zuckt mit der Schulter. „Keine OP – kein Krankenhaus."

„Aber sie kommt allein nicht zurecht, nicht einmal in ihre Wohnung in den zweiten Stock."

„Das ist allein Ihr Problem, nicht meins." Wieder wendet sich der Mann ab.

Nun werde ich ärgerlich und sage sehr laut: „Nein, es ist sehr wohl Ihr Problem, denn Sie sind ihr Arzt und haben die Pflicht, sich um Ihre Patienten zu kümmern und vor allem, mit den Angehörigen zu sprechen und zwar so ausführlich und verständlich wie möglich."

Ich spüre, dass meine Wangen glühen und sehe aus den Augenwinkeln, dass mein Ärger die Männer zu amüsieren scheint.

Der Arzt seufzt. Ich sehe ihm an, wie schwer es ihm fällt, sich zu beherrschen. Schließlich sagt er: „Wenden Sie sich an unsere Sozialstation, vielleicht haben die ein Übergangsbett frei!"

Die Schwester an der Anmeldung ist so freundlich, einen Termin mit dem Sozial-Mitarbeiter zu vereinbaren, leider erst für den nächsten Tag.

Also fahre ich heute unverrichteter Dinge vierzig Kilometer nach Hause und komme am nächsten Tag wieder.

Der Mann vom Sozialdienst rät zu einer Kurzzeitpflege und verspricht, alles in die Wege zu leiten.

Kurzzeitpflege

Bereits zwei Tage später meldet sich die Leiterin eines Freiberger Pflegeheims. „Ihre Mutter wird heute in unser Haus überstellt."

Überstellt? Das klingt seltsam.

„Sie müssen heute noch den Kurzzeitpflege-Vertrag unterschreiben und ausreichend Kleidung mitbringen."

Sie fragt nicht, ob mir das überhaupt möglich ist so kurzfristig, sie teilt es mir einfach mit.

„Außerdem brauchen wir von der Hausärztin und der Neurologin die Rezepte für sämtliche

Medikamente, die Ihre Mutter nehmen muss."

„Bekommen Sie die Mittel nicht vom Pflegedienst?"

„Nein. Angerissene Packungen nehmen wir ohnehin nicht an. Sie besorgen noch heute das Rezept und übergeben es mir, wenn Sie den Vertrag unterzeichnen. Ich bin bis 16 Uhr im Haus."

Die Dame hat aufgelegt. Leider habe ich vergessen, mir ihren Namen zu notieren. Ich bin noch etwas verwirrt, fahre aber sofort nach Freiberg. Unterwegs überlege ich, ob ich Mutters Schlüssel überhaupt in der Tasche habe und Geld. Vielleicht brauche ich Geld? Was wäre, wenn ich heute länger gearbeitet hätte? Dann müsste es auch gehen. Nun ärgere ich mich, dass ich so unüberlegt losgestürzt bin. Doch vielleicht ist es ganz gut so und ich kann alles erledigen.

Beide Arzt-Praxen haben Mittagspause und öffnen erst um 15 Uhr wieder. Das hätte mir von allein klar sein müssen. Also hinterlasse ich Zettel im Briefkasten, auf denen ich um die Rezepte bitte. Hoffentlich finden die Arzthelfer die Nachrichten überhaupt.

Inzwischen hole ich Mutters Sachen aus ihrer Wohnung und bringe sie ins Pflegeheim.

„Lesen Sie sich unsere Bedingungen genau

durch!", befiehlt die Leiterin.

Es ist ein Wust von zehn Seiten und dabei allerhand Kleingedrucktes. Ich erfahre, dass die Pflege maximal dreißig Tage beträgt, doch vorher von beiden Seiten gekündigt werden kann. Der Tagessatz beläuft sich auf etwa 75 Euro, wobei die Pflegekasse einen Teil davon übernimmt. Über das Geld mache ich mir keine Gedanken, denn Mutter müsste schließlich auch daheim verpflegt und versorgt werden.

Ich finde Mutter völlig niedergeschlagen in einem Bett vor. Im Nachbarbett liegt eine Frau, die pausenlos laut wimmert. Sie hat keine Schmerzen, sie trauert, denn im Bett meiner Mutter lag bis gestern ihr Ehemann, der gerade erst gestorben ist.

„Du hast mich zum Sterben hier abgegeben", schluchzt Mutter.

„Aber, Mutti! Wie kannst du so etwas sagen?"

„Ich weiß das. Hierher kommt man, wenn man sterben soll. Wie Tante Hanni. Die ist auch hier im Haus gestorben."

Damit hat sie leider Recht, Tante Hanni starb tatsächlich in diesem Pflegeheim. Ich erinnere mich, dass ich sie mehrmals besuchte. Anfangs freute sie sich darüber, später dämmerte sie vor sich hin oder schrie verzweifelt um Hilfe. In solchen Momenten konnte ich sie nur beruhigen, wenn ich ihr Lieder vorsang. Meist wählte ich Volkslieder oder auch den bekannten kirchlichen Titel „So nimm denn meine Hände" von Friedrich Silcher, den sie besonders gern mochte.

Tante Hanni hat viele Geschwister und noch mehr Nichten und Neffen. Doch nur eine einzige meiner Kusinen und eine Schwägerin kümmerten sich um sie. Auch Mutter schwor nach ihrem einzigen Besuch, dieses grauenhafte Haus nie wieder zu betreten.

Ich kann also ihre schlechte Stimmung gut verstehen.

„Ich will hier raus! Sofort!", schreit sie auf einmal und packt meinen Arm.

„Das geht nicht. Dein Wirbel muss erst heilen. Außerdem kommst du die Treppen nicht hinauf bis in deine Wohnung."

„Dafür gibt es Tragen", belehrt sie mich.

„Möglich. Trotzdem darfst du nicht nach Hause, weil du dich nicht allein versorgen kannst."

„Es gibt Pflegedienste und deine Pflicht ist es sowieso."

Es stimmt, dass man seinen Eltern verpflichtet ist und sich um sie kümmern muss. Doch im Moment hat Mutter einen kaputten Wirbel und kann allein nicht einmal zur Toilette. Zudem ist der Umgang mit ihr recht schwierig – von der Entfernung, die ich täglich neben meiner Arbeit zu bewältigen hätte, ganz abgesehen.

„Denke an Tante Hanni!", bitte ich. „Ihr seid alle mit ihr zerstritten, weil sie nicht ins Heim wollte, obwohl sie allein nicht mehr zurecht kam."

„Die war auch stur wie ein Esel, unvernünftig. Sie konnte die Treppen nicht mehr steigen und lag sogar ein paar Tage hilflos in der Badewanne."

„Genau davon spreche ich." Am liebsten hätte ich noch hinzugefügt, dass sie selbst mindestens genauso stur ist.

„Hier bleibe ich jedenfalls nicht", bestimmt sie.

„Nun, länger als bis Anfang Mai darfst du sowieso nicht bleiben, denn dies ist nur eine Kurzzeitpflege."

„Was haben wir heute für ein Datum?"

„Heute ist der 13. April"

„Mitte April? Bis Mai bleibe ich auf gar keinen Fall. Du holst mich hier raus!" Dann winkt sie genervt mit der Hand in Richtung Tür. „Geh jetzt und kümmere dich darum!"

Ich verlasse sofort das Zimmer und denke, dass sie wohl wieder ganz die Alte ist. Allerdings weiß ich nicht, ob ich mich darüber freuen soll. Sicher ist, dass Mutter nicht wieder nach Hause kann. Ihre Hausärztin ließ keinen Zweifel daran, dass sie auf gar keinen Fall allein zurecht käme. Mutter wäre dem normalen Alltag einfach nicht mehr gewachsen. Dabei sprach sie nicht von ihrer Wirbelverletzung, sondern allein von der fortgeschrittenen Demenz.

Eilig fahre ich zu den beiden Arztpraxen, die natürlich in entgegengesetzten Stadtteilen liegen. Dort stelle ich erleichtert fest, dass meine Zettel gefunden wurden. Trotzdem muss ich insgesamt drei Stunden warten, ehe man mir die Rezepte aushändigt. Während dieser Zeit denke ich über die Situation nach. Mutter kann nicht nach Hause, nicht sofort und auch nicht später. Das hat die Ärztin schon länger immer wieder betont. Im Grunde hat Mutter nur gesagt, dass ich sie sofort aus diesem Haus holen soll und nicht, dass sie unbedingt zurück in ihre Wohnung will. Ich werde mich also um einen Platz in einem Pflegeheim kümmern.
Die Rezepte bringe ich in eine Apotheke, die mir die Leiterin nannte. Von dort werden die Medikamente direkt ins Heim gebracht. Wenigstens bleibt mir dieser Weg erspart.

Mir fällt ein neues Heim in der Stadt ein, das Mutter im letzten Jahr einmal erwähnt hatte. Also fahre ich sofort dorthin. Das Haus macht einen guten Eindruck. Leider komme ich zeitlich ungünstig, denn kein Mitarbeiter hat Zeit, meine Fragen zu beantworten. Ich nehme mir deshalb nur einen Werbeprospekt mit und fahre nach Hause.

Am Abend rufe ich meine Schwester an. Mutter hat schließlich uns beide in ihrer Vorsorgevollmacht eingesetzt. Wir müssen uns also auf jeden Fall einig sein.

Nachdem ich Jutta die aktuelle Situation beschrieben habe, berichte ich von meiner Idee, unsere Mutter in dem neuen Pflegeheim anzumelden.

„Bloß nicht!", ruft sie.

Will Jutta, dass *ich* mich um Mutter kümmere? Doch sie erklärt ziemlich aufgebracht: „Meine Nichte hat nach der zehnten Klasse in diesem Haus Sozialstunden geleistet. Man mutete dem völlig unerfahrenen Mädchen ganz allein eine Nachtschicht zu. Sie war derart verwirrt und verunsichert, dass sie aller halben Stunde ihre Mutter anrief und fragte, was in aller Welt sie machen sollte."

Darauf kann ich nichts erwidern. Mir ist vor Schreck jede Entgegnung im Hals stecken geblieben.

Zumindest sind wir uns einig, dass ich für Mutter einen Heimplatz suche, wo sie gut versorgt wird.

Das ist heutzutage erheblich leichter als zu DDR-Zeiten. Damals ging es vielen älteren Menschen nicht nur finanziell schlecht, sondern sie wurden in katastrophalen Verhältnissen in Pflegeheimen untergebracht. Ältere und jüngere Behinderte lagen in Mehrbettzimmern von zehn und mehr Personen zusammen und wurden nicht gerade freundlich behandelt. Und keiner durfte sich das Heim selbst auswählen.

Heute kann ich im Internet sämtliche Pflegeheime in Freiberg und Umgebung aufrufen und Preise, Bedingungen und das Umfeld vergleichen. Schließlich dehne ich meine Suche auf Chemnitz aus, wo es mehr als dreißig Heime gibt. Betreutes Wohnen kommt meiner Meinung nach nicht in Betracht, weil sich Mutter dort ebenso wie daheim um alles selbst kümmern müsste.

Das Heim, das unserem Wohnhaus am nächsten ist, ist leider das teuerste. Die Kosten sind um fünfzig Prozent höher als in den meisten anderen Einrichtungen. Ich lese also gründlich nach, was diesen großen Preisunterschied rechtfertigt. Schließlich vereinbare ich einen Termin für ein klärendes Gespräch und eine Besichtigung.

Ein sehr freundlicher Mann führt mich durch das gesamte Haus und macht mich auf die besondere Wohnform aufmerksam: jeweils elf Bewohner leben in einer Art Gruppe zusammen. Neun Einzel- und ein Doppel- zimmer sind um einen großzügigen Wohn- und Essbereich gruppiert, der hübsch gestaltet und mit Blumen und Obst geschmückt ist. Es gibt eine Art Wohnzimmer für kleinere Veran- staltungen und private Festlichkeiten und einen großen Gemeinschaftsraum im Erdgeschoss, wo nahezu täglich zwei Veranstaltungen angeboten werden. Das abwechslungsreiche Programm beeindruckt mich sofort.

Alle Zimmer sind hell und haben zum großen Teil Blick ins Grüne. Mir gefällt, dass die alten Herrschaften in kleinen Grüppchen an den Tischen oder in gemütlichen Sesseln sitzen und es keine endlos langen Gänge gibt.

Zum Schluss macht mich der Mann darauf aufmerksam, dass es trotz der hohen Kosten lange Wartezeiten gäbe, die man für Anträge auf finanzielle Unterstützung nützen könnte.

„Meine Mutter hat als ehemalige Lehrerin eine ausreichend hohe Rente, um ihren Eigenanteil selbst zu tragen", antworte ich.

Außerdem weiß ich, dass sie zusätzlich Witwenrente bekommt. Die genaue Höhe kenne ich zwar nicht, doch ich bin mir sicher, dass sie den Betrag aufbringen kann.

Der Mann nickt. Dann sagt er: „Da fällt mir ein, dass es im Moment einen einzigen freien Platz gibt, allerdings in einem Doppelzimmer. Dort ist am Vortag ein Mann gestorben, dessen Frau das zweite Bett bewohnt."

Erschrocken schaue ich den Mann an. Mutter käme wie in der Kurzzeitpflege in das Bett eines soeben verstorbenen Mannes, dessen Witwe im gleichen Zimmer verbleibt. Das ist kein gutes Zeichen.

„Machen Sie sich keine Sorgen! Die Frau ist gelähmt und wird Ihre Mutter nicht stören. Sobald ein Einzelzimmer frei wird, könnte sie umziehen."

Ich nicke. Doch mir ist nicht wohl dabei, Mutter dieses Zimmer anzubieten. Der Mann spürt, dass ich auf einmal unentschlossen bin und hakt nach.

„Natürlich können Sie alles in Ruhe überlegen, doch bedenken Sie, dass ich das Bett nur heute für Sie freihalten kann."

„Ich verstehe. Heute Nachmittag gebe ich Ihnen definitiv Bescheid, vorher möchte ich jedoch mit meiner Mutter sprechen. Ich gehe davon aus, dass sie einverstanden ist. Wann könnte ich sie hierher bringen?"

„Übermorgen Vormittag."

Auf dem Heimweg wird mir klar, dass der Mann

mich nur zu einer schnellen Entscheidung drängen will. Doch das ist im Moment gleichgültig, denn wichtig ist nur, dass Mutter so schnell wie möglich geholfen wird. Ich muss mich also so oder so sofort entscheiden.

Ich mache mich sofort auf den Weg nach Freiberg und frage Mutter ohne Umschweife:
„Möchtest du nach Chemnitz kommen?"
„Das wäre gleich das Beste."
Mit solch einem schnellen Einverständnis ohne jede Diskussion habe ich nicht gerechnet. Mutter stellt nicht einmal eine Frage. Vielleicht glaubt sie, ich nehme sie in meiner Wohnung auf. Das Gästezimmer wäre frei. Doch über solch eine Möglichkeit habe ich noch nicht nachgedacht und schon gar nicht mit Klaus besprochen.
Trotzdem melde ich sie sofort in der Kurzzeitpflege und beim Pflegedienst ab. Ich fahre zur Hausärztin, um mir Auszüge aus der Krankenakte abzuholen. Bei dieser Gelegenheit erzähle ich ihr, dass ich Mutter auch bei mir daheim unterbringen könnte.
„Um Gottes Willen: Nein!", ruft sie aus. „Das wäre das Ende Ihrer Ehe. Außerdem ist eine häusliche Pflege komplizierter als Sie im Moment vielleicht glauben. Selbst, wenn ein Pflegedienst kommt, haben Sie Ihre Mutter Tag

und Nacht um sich, beim Essen, Toilettengang, die Wäsche."

Ich zucke mit der Schulter. So schlimm kann es nicht sein. Doch die Ärztin spricht weiter: „Und da habe ich Sie noch nicht einmal daran erinnert, dass Ihre Mutter alles andere als einfach zu händeln ist."

Irgendwie ist mir das Gespräch peinlich. Ich komme mir vor, als suche ich einen günstigen Parkplatz für ein unangenehmes Problem und nicht nach einer Lösung für meine kranke Mutter.

„Ihre Mutter ist dement, dementer, als Ihnen bewusst ist. Sie braucht Pflege rund um die Uhr. Tun Sie sich das nicht ohne Not an, wenn es eine Alternative gibt! Noch dazu eine, die für beide Seiten erheblich besser ist."

Für beide Seiten? Mir scheint das recht einseitig zu meinen Gunsten zu sein und vor allem bequem, direkt egoistisch.

„Bei Ihnen hätte Ihre Mutter nur Sie als Ansprechpartner und vielleicht den Pflege-dienst. Im Heim hat sie außer einer perfekten Betreuung zusätzlich angepasste Unterhaltung und Gesellschaft."

So habe ich das noch nicht gesehen und fühle mich auf einmal direkt erleichtert. Ich rufe also gleich im Pflegeheim an und bestätige die Reservierung. Danach hole ich aus Mutters

Wohnung diverse Kleidung und Toilettenartikel, die sie künftig benötigt und deponiere sie einstweilen in meiner Wohnung.

Im Pflegeheim

Bereits am übernächsten Tag hole ich Mutter aus dem Freiberger Pflegeheim ab. Sie freut sich und genießt die Autofahrt nach Chemnitz. Im Gepäckraum stapeln sich zwei prall gefüllte Reisetaschen mit ihrer Wäsche, Pullovern, Hosen, Schuhen und der Rollator.

Im neuen Heim schaut sie sich neugierig um und freut sich, dass sie von so vielen Leuten freundlich begrüßt wird.

„Frau Müller, bitte setzen Sie sich hierher! Das ist jetzt Ihr Platz. Gleich gibt es Mittag."

„Hoffentlich nicht so einen Fraß wie in Freiberg. Das konnte man ja nicht essen."

„Essen Sie gern Nudeln, Frau Müller?"

Mutter reagiert nicht. Dabei weiß ich, dass Nudeln in jeder Form und Variante ihre absolute Lieblingsspeise ist.

„Mutti, es gibt Nudeln mit Tomatensoße und Wurstwürfeln."

„Lass mich! Du bist an allem schuld!", faucht sie. „Geh weg!"

Woran soll ich schuld sein? Etwas ratlos stehe

ich neben ihr. Eben war noch alles in Ordnung.

„Lassen Sie Ihre Mutter erst einmal ankommen. Sie müssen Geduld haben", bittet eine Schwester.

Ich gehe also in ihr künftiges Zimmer und räume ihre Sachen in den Schrank und ins Bad. Danach will ich mich von Mutter verabschieden. Doch sie stößt meine Hand grob zur Seite und schaut mich nicht einmal an.

„Geh endlich! Nun hast du erreicht, was du wolltest."

Ich könnte heulen. Sicher fühlt sie sich abgeschoben. Doch sie wollte nach Chemnitz und ich habe keinen anderen Weg gesehen und weiß, dass sie hier gut aufgehoben ist. Trotzdem lasse ich sie ungern in solch einer Stimmung zurück. Es hat so etwas endgültiges, sich in die Hände und Obhut fremder Menschen zu begeben.

Am nächsten Tag besuche ich sie bereits recht früh am Vormittag. Sie sitzt griesgrämig am Tisch und dreht sich zur Seite, als ich sie begrüßen will. Mir tut sie immer noch leid, doch ich bin auch ein wenig verärgert. Den Ärger schlucke ich hinunter und sage: „Heute wird unten gebacken. Das ist doch etwas für dich, denn du hast immer gern gebacken."

„Quatsch!" Sie winkt mit der Hand ab.

„Und heute Nachmittag hört ihr Musik", rede ich einfach weiter.

„Was soll das schon sein? Unsinn! Das ist mir zu billig. Und nun geh!"

Ich bin gerade erst gekommen, doch es hat keinen Sinn zu bleiben. Mutter hatte schon immer einen Hang zum Widerspruch, zum Entgegnen und Verweigern, meist unhöflich und direkt grob.

„Möchtest du irgend etwas, was ich dir besorgen kann?"

„Ich will nur hier weg und meine Ruhe!", faucht sie.

„Uns ging es allen so, keiner wollte wirklich hierher", murmelt eine alte Dame. Sie klingt freundlich und lächelt mich an. „Das gibt sich."

Doch davon ist Mutter weit entfernt. Sie ärgert sich über alles und jeden und schlägt sogar nach den Pflegern. Sobald sie jemand anspricht, dreht sie sich demonstrativ zur Seite.

„Machen Sie sich keine Sorgen! Jeder braucht seine Zeit, um sich an das Heim zu gewöhnen und die neue Lebenssituation zu akzeptieren", erklärt eine Schwester. „Das dauert ungefähr drei Wochen."

Du liebe Zeit! So lange? Mutter ist alles andere als geduldig. So lange untätig zu warten wird sie umbringen. Früher war sie aktiv und ständig unterwegs, nahezu täglich in der Stadt und pflegte Kontakte zu vielen Bekannten. Das geht nun alles nicht mehr. Unterhaltung war Mutter sehr wichtig, doch es musste zwingend eine Unterhaltung nach ihrem Geschmack sein. Ansonsten langweilt sie sich schnell und duldet keine Personen, die sie nicht mag, um sich.

Ich schaue mich um. Neben ihr sitzt eine Frau im Rollstuhl und versucht, Mutters Serviette zu angeln. Mutter wirft mit einem Löffel nach ihr. Gegenüber hockt eine Frau mit sehr krummen Rücken, die mich an Tante Hanni erinnert. Sie unterhält sich sehr laut mit ihrer Nachbarin, die offenbar schwer hört. Im Hintergrund sitzt ein Mann, der sich betont unbeteiligt zeigt, während seine Frau zwischen den Heimbewohnern hin und her saust. Eine andere Frau liegt mit dem ganzen Oberkörper auf dem Tisch, zwei weitere schlafen in ihren Rollstühlen.
Dieser Anblick deprimiert mich. Ich hoffe, dass Mutter durch ihre eigene Demenz nicht alles so haarscharf erkennt wie ich.

In ihrem Zweibettzimmer fühlt sie sich nicht wohl. Die Frau im Nachbarbett klagt und weint nahezu pausenlos, was Mutter wütend macht. Sie fühlt sich belästigt und schreit: „Halten Sie endlich Ihren Mund!"

Doch die Frau liegt gelähmt und unglücklich in ihrem Bett und kann nichts anderes als schlafen oder weinen.

„Wann bitte ist endlich ein Einzelzimmer frei?", frage ich in der Verwaltung nach.

Die Frau schaut mich streng an. „Ihre Mutter ist nicht die einzige, die auf ein Einzelzimmer wartet. Vor ihr sind noch andere dran."

„Wieso das? Mir wurde noch *vor* der Aufnahme zugesichert, dass sie das nächste freie Zimmer erhält."

„Da könnte ja jeder kommen!", weist mich die Sachbearbeiterin zurecht.

Mutter hat zwar gern Gesellschaft, doch sie liebt ebenso ihren privaten Bereich, in den sie keinen hinein lässt. Ein Einzelzimmer würde erheblich zu etwas Wohlgefühl beitragen.

Verärgert beschwere ich mich bei dem Herrn, der mir die Zusage machte. Allerdings hat er diese nur mündlich ausgesprochen. Ich habe nichts schriftlich in der Hand und kann mich nur auf sein Wort berufen.

Der Mann versichert mir noch einmal, dass Mutter nicht mehr lange auf ein eigenes Zimmer warten muss.

Tatsächlich ist bald darauf ein Einzelzimmer frei. Es ist frisch renoviert, alles gesäubert und für den Einzug hergerichtet.

Meine Schwester nimmt extra Urlaub, um mir beim Ausräumen der Wohnung unserer Mutter zu helfen. Klaus und unser Sohn transportieren den Fernsehsessel, eine schöne Anrichte und den großen Fernsehapparat in Mutters neues Zimmer, von dem aus man auf den Zugang zum Wald schaut. Dort kann sie Mütter mit ihren Kindern, Leute mit Hunden, Jogger, Radfahrer und Spaziergänger beobachten und wird sich nicht langweilen. Das Zimmer ist Richtung Süden ausgerichtet, was gut ist, denn Mutter liebt Sonne und Hitze sehr.

Ich wähle zusammen mit Jutta Fotos für eine schöne Bildergalerie aus. Zum Schluss stelle ich mehrere lila, gelb und weiß blühende Orchideen und eine große Topfpflanze ans Fenster und bepflanze einen Balkonkasten. Nun sieht das Zimmer unserer Mutter gemütlich aus und ich hoffe, dass sie sich recht bald darüber freut.

„Wo habt ihr diese wunderschöne Anrichte her?", ruft Mutter begeistert aus.

„Aber Mutti, die ist doch aus deiner Stube."

Mutter schüttelt den Kopf. „Das wüsste ich. Wo soll die denn gestanden haben?"

„Gleich links neben der Tür, vom Sofa aus hast du sie immer sehen können."

„Quatsch!" Mutter winkt mit der Hand ab.

Jutta zeigt sich vom Pflegeheim ebenso begeistert wie ich. Die kleinen Wohnbereiche mit den verschiedenen Sitzgruppen, welche nach Chemnitzer Stadtteilen wie Altchemnitz, Sonnenberg oder Schlossviertel benannt sind, gefallen ihr besonders gut. Eine hauseigene Ergotherapie unterhält die Bewohner täglich mit verschiedenen Veranstaltungen wie Sturz-prävention, Spiele, Lesezirkel, Chor und vieles mehr. Außerdem sind monatlich verschiedene, der Jahreszeit angepasste Feste geplant und jeden Mittwoch wird der Kindergarten nebenan besucht.

Obwohl Mutter Kindergärtnerin und Lehrerin war, will sie plötzlich nichts von Kindern hören. Das wundert uns sehr.

Geburtstagsfest

Kurz darauf hat Mutter Geburtstag. Da sie gern feiert, holen Jutta und ich sie ab und fahren mit ihr in einen Gasthof. Dort bestellen wir ein Festessen für uns drei Frauen und stoßen vor dem Essen mit Sekt auf das neue Lebensjahr an. Das gefällt unserer Mutter. Trotzdem schimpft sie, denn eine Feier in einem Freiberger Lokal mit all ihren Freunden und Verwandten, früheren Kollegen und Mitgliedern des Faschingsclubs wären ihr lieber als nur mit ihren beiden Töchtern.

Doch diesen Wunsch können wir ihr nicht erfüllen, denn die lange Fahrt nach Freiberg und zurück wären bereits zu anstrengend für sie. Außerdem signalisierten die meisten ihrer Bekannten, dass sie kein Interesse an solch einer Zusammenkunft hätten.

Natürlich vermisst sie ihren Sohn. Doch Detlef feiert seit einigen Jahren keinen Geburtstag mehr. Er gehört einem seltsamen Glauben an, der nur Hochzeitstage und das Osterfest erlaubt. So drehen sich die Gespräche eher um das, was nicht ist als um das, was Mutter genießen könnte.

Auch ich werde heute ein Jahr älter, denn ich wurde genau an ihrem 20. Geburtstag geboren. Jutta gratuliert mir, Mutter nicht. Das macht sie seit vielen Jahren nicht mehr. Manchmal erinnere ich sie daran, doch auch dann beglückwünscht sie mich nicht.

„Mach dir nichts draus!", tröstet mich Jutta. „Ich muss sie an meinem Geburtstag immer anrufen und ihr sagen, dass sie mir gratulieren soll."

Ich finde es seltsam, dass Mutter ihren Töchtern nicht gratuliert, aber keinen ihrer vielen Bekannten vergisst. Sie erzählte immer, wem sie telefonisch oder mit einem langen

Brief mit einem lustigen Vers gratulierte. Früher pflegte sie sehr gewissenhaft ihre Freundschaften und führte über sämtliche Kontakte Buch.

Es ist nicht so, dass sie ihre Töchter vergisst. Sie besorgte immer großzügige Geschenke, doch es kommt kein freundliches Wort über ihre Lippen.

Vor einigen Jahren wünschte ich mir eine Nagelzange. Ich bin ein praktischer Mensch und konnte höchst selten etwas mit Mutters aufwändigen und stets kitschigen Präsenten anfangen. Doch eine Nagelzange war für sie kein passendes Geschenk, deshalb legte sie einen Geldschein dazu.

Von diesem Tag an bedachte sie jedes ihrer Kinder, deren Partner, Enkel und deren Partner und Kinder zum Geburtstag und Weihnachten mit jeweils hundert Euro. Das fand ich äußerst großzügig, wird aber künftig wegen der hohen Heimkosten nicht mehr möglich sein. Für uns ist das in Ordnung. Wir sind einfach froh, dass Mutter einen so schönen Platz in ihrem Alter hat und außerdem selbst dafür aufkommen kann.

Geburtstage wurden bei uns daheim immer im großen Familienkreis gefeiert. Wegen der vielen Geschwister meines Vaters, deren Ehepartnern und Kinder gab es viele Gelegenheiten für ein solches Fest.

Bereits am Nachmittag traf man sich zur Geburtstagstorte. Als Jutta und ich noch klein waren, spielten wir einen von unserer Mutter ausgewählten Sketch vor, dessen Pointe wir selten verstanden, worüber sich aber die Erwachsenen laut lachend amüsierten.

Die eigentliche Feier begann nach dem Abendessen, zu dem wir Kinder keinen Zutritt hatten. Mir waren die lärmenden Erwachsenen ohnehin unangenehm, vor allem später als Jugendliche, als mir die derben Witze und zotigen Lieder peinlich waren. Das amüsierte die Verwandten zusätzlich, weshalb ich mich so oft wie möglich vor Familienfeiern drückte.

Mein Geburtstag war für Mutter immer recht kompliziert, da ich am gleichen Tag wie sie geboren bin. Sie kümmerte sich gleichzeitig um meine Schulfreunde und ihre eigenen Gäste, wobei sie sich immer lustige Spiele und Späße für uns Kinder einfallen ließ.

Meine Geschwister konnten höchst selten zusammen mit ihren Freunden feiern, weil beide während der Sommerferien Geburtstag hatten und deshalb alle im Urlaub, Ferienlager oder bei Verwandten waren.

Bei jedem Familienfest sorgte die Mutter für Unterhaltung, meist mit selbst gereimten Versen zur Melodie von „Geh´n wir mal rüber" oder „Auf der Festung Königstein", wobei alle Gäste den Refrain vergnügt mitgrölten. Ich bewunderte Mutters Talent für lustige Reime sehr und versuchte schon als kleines Mädchen, es ihr nachzumachen. Ich trug ebenso gern wie sie Gedichte und selbstgereimte kleine Verse vor.

Doch seit einigen Jahren hat sie keine Freude mehr an Familienfeiern, denn einige von Vaters Geschwistern sind bereits verstorben, die anderen klagen über Altersbeschwerden. So wird der Kreis immer kleiner, das Fest ruhiger, doch die Vorbereitungen anstrengender.

„Jetzt will ich schlafen!", verkündet Mutter unvermittelt.
Jutta und ich schauen uns überrascht an.
„Ich schlafe immer nach dem Essen. Das wisst ihr."
Mir wird klar, dass Mutter nur noch eine knappe Stunde aufmerksam sein kann, danach ermüdet sie schnell. Immerhin ist sie inzwischen 82 Jahre alt.
Also bringen wir sie zurück ins Heim und kommen am Nachmittag mit der Geburts-

tagstorte zurück. In einem Raum, der wie ein altmodisches Wohnzimmer eingerichtet ist, genießen wir ungestört noch eine gemütliche Stunde bei Kaffee und Kuchen.

Am nächsten Tag fährt Jutta zurück nach Düsseldorf, wo sie seit vielen Jahren lebt.

„Warum hast du meine Uhr nicht aufgestellt?", fragt Mutter unwirsch.

„Welche Uhr?"

„Die Spieluhr, die immer im Buffet stand."

„Die hat Detlef."

„Wieso der?" Sie ist sofort wütend. „Ich will sofort meine Uhr zurück!", schreit sie mich an.

„Aber Mutti, du kannst das Zifferblatt gar nicht mehr erkennen."

„Na und? Es ist meine Uhr und ich will sie haben. Ihr könnt mir doch nicht alles nehmen!" Jetzt weint sie auch noch.

Ich lege meinen Arm um ihre Schulter, den sie sofort energisch wegschiebt. Weil Mutter schlecht sieht, besorgte Klaus extra eine Digitaluhr mit übergroßen, leuchtenden Zahlen, die sie sogar vom Bett aus erkennt. Deshalb hielten wir es für Unsinn, die Spieluhr in ihrem Zimmer aufzustellen.

„Detlef hat schon Vaters Posaune entwendet. Das verzeihe ich ihm nie!", schluchzt sie.

Nun weint sie lauter.

„Aber Mutti, du brauchst doch keine Posaune."

„Na und? Braucht *der* eine?" Verächtlich spuckt sie die Worte aus. Ich weiß nicht, was ich darauf sagen soll. „Ich wollte sie Vaters Musikgruppe schenken. Sie hätten es verdient."

Ich nicke, obwohl ich nicht verstehe, weshalb sie lieber einem recht unbekannten Musiker eine Freude macht als ihrem Sohn. Trotzdem stimme ich ihr zu.

„Du hast Recht, Mutti, wir hätten dich wegen der Uhr fragen müssen. Ich stecke Detlef einen Zettel in den Briefkasten und er wird dir gleich morgen die Uhr zurückbringen."

„Ich will sie nicht!"

„Nicht? Wieso auf einmal?"

„Ich will keinen Ärger. Soll er sie behalten. Und jetzt gehe endlich! Du machst mich krank mit deinem Gerede."

Immer, wenn ich Mutter begrüße oder mich verabschiede, habe ich den Wunsch, sie zu umarmen und ihr einen Kuss zu geben. Doch das mag sie nicht. Sie wendet sich ab oder stößt mich zurück. Ich respektiere das, obwohl es mir sehr schwer fällt.

Ich kann mich nicht erinnern, dass mich Mutter jemals in den Arm genommen oder gar geküsst hätte. Sie brauchte offenbar keine Zärtlichkeiten. Doch ich habe mich immer nach

Liebkosungen gesehnt.

Trotzdem hatte ich eine schöne Kindheit, weil sich Mutter viele Spiele ausdachte und uns Geschwistern viel Spaß und Abwechslung bot. Ich weiß nicht, ob es Mutter als ihre Aufgabe sah, uns wie im Kindergarten zu beschäftigen, oder es ihre einzige Möglichkeit war, Zuneigung zu zeigen.

Sie hat mich nie gefragt, wie es mir geht, ob ich mir etwas wünsche oder mir etwas fehlt. Ich habe sie trotzdem immer geliebt, denn ich kannte es schließlich nicht anders. Außerdem ist sie nun mal die Mutter.

Ständig neuer Ärger

„Jeden Tag kriege ich Wurst und Käse zum Frühstück, dabei esse ich morgens Marmelade. Schon immer", beklagt sich Mutter.

„Entschuldige bitte, das war meine Schuld. Ich ändere es sofort."

Bei der Anmeldung füllte ich ein Formular mit Mutters Gewohnheiten, Vorlieben und Abnei-gungen aus und hatte als Frühstückswunsch Wurst und Käse angegeben. Ich erinnere mich, dass sie sogar in Cafés eine Bockwurst einem Stück Kuchen vorzog.

Ich bitte die diensthabende Schwester: „Ist es

möglich, dass meine Mutter Marmelade statt Wurst und Käse zum Frühstück bekommt? Ich habe das falsch eintragen lassen."

„Selbstverständlich." Freundlich nickt mir die Schwester zu.

Drei Tage später.

„Die sind nicht mal in der Lage, mir wenigstens etwas Käse zu bringen. Jeden Tag gibt es nur Marmelade zum Frühstück."

„Aber Mutti, du wolltest Marmelade!"

„Schon, aber nicht immer. Man kann doch wenigstens etwas Käse verlangen, und wenn es nur Schmierkäse ist."

„Ich kümmere mich drum."

„Außerdem, wer soll von nur zwei Schnitten satt werden?"

Ich gehe wieder zur Schwester und bitte darum, dass Mutter außer den beiden Marmeladenschnitten eine mit Käse bekommt.

Die Schwester lächelt. „Wissen Sie, wir lassen unsere Bewohner frei von einem Tablett wählen, was sie gern essen möchten. Ihre Mutter muss es nur sagen."

Das wundert mich jetzt, denn zurückhaltend oder gar schüchtern war sie nie. Ganz im Gegenteil.

Zwei Tage später.

„Das ist mir zu viel. Wer soll denn das essen?"

„Sagtest du nicht, dass du nicht satt wirst?"

„Zwei Schnitten sind genug, das ist reichlich, mehr kann ich gar nicht kauen. Ich will eine Suppe oder wenigstens einen Joghurt. Das muss doch möglich sein."

Ich weiß, dass zum Frühstück Suppe angeboten wird. Doch das sind süße Suppen, die Mutter nicht mag.

„Es gibt morgens nur süße Mehlsuppen."

„Na und? Ich will Suppe!"

Ich teile der diensthabenden Schwester die Wünsche meiner Mutter mit.

Geduldig erklärt mir die junge Frau: „Suppe ist immer reichlich da, auch haben wir immer Joghurt, Käse und Wurst dabei. Ihre Mutter muss es nur sagen."

So langsam ärgert mich dieses Theater. Warum sagt sie nicht selbst der Schwester, was sie mag und was nicht? Stattdessen beklagt sie sich bei mir und erwartet, dass ich loslaufe und alles für sie regle. Und natürlich laufe ich jedes Mal sofort los. Mir kommt der Gedanke, dass Klaus am Ende Recht hat und Mutter mich scheucht, um mich zu ärgern.

„Das Mittagessen ist viel zu fade, das schmeckt überhaupt nicht", beklagt sich Mutter.

Ich bringe ihr beim nächsten Besuch einen kleinen, gefüllten Salzstreuer mit, damit sie nachwürzen kann.

„Ich habe dich nicht darum gebeten", faucht sie statt sich zu bedanken.

„Nun kannst du nachwürzen."

Verächtlich winkt sie ab. „Das ist mir zu albern. So etwas mache ich nicht."

„Ich stelle das Salz hierhin. Dann kannst du es benutzen, wenn du willst. Oder du lässt es einfach stehen."

„Salz nützt nichts. Das Fleisch kann ich sowieso nicht kauen. Ich weiß nicht, was die sich dabei denken, so ein zähes Fleisch anzubieten."

Möglicherweise hat Mutter tatsächlich Probleme mit dem Fleisch. Doch die Schwester versichert, dass es so weich sei, dass man es mit der Gabel teilen könnte.

Mir gefällt allerdings nicht, dass im Heim nicht gekocht wird. Für 84 Bewohner und das ganze Personal würde sich eine eigene Küche lohnen. Das Essen liefert das nahe Krankenhaus und ist voller Zusatzstoffe wie Enzyme, Antioxidationsmittel, Emulgatoren, Backtriebmittel, Konservierungs- und Farbstoffe. Ich kenne das alles von meiner Arbeit in der Großküche. Doch ich bin davon überzeugt, dass man für Alte, Kranke und Kinder sorgsamer kochen sollte.

„Du hast gelogen!", begrüßt sie mich heute.

„Wobei?"

„Es sollte Plinsen geben, aber ich hatte Leber."

Ich weiß, dass sie keine Leber isst. „Hast du das der Schwester gesagt?"

„Die hat damit nichts zu tun. Dafür sind andere zuständig."

Dann hätte sie es eben einem Anderen sagen sollen und nicht mir. Ich kann nichts daran ändern. Mir gegenüber äußert sie sich deutlich. Ich werde ihr sagen, dass sie sich selbst kümmern muss.

„Wenn sie sich wenigstens entschuldigt hätte!", schimpft Mutter weiter.

Das finde ich allerdings ebenfalls nicht in Ordnung. Fehler passieren überall, doch wenn man diese bemerkt, sollte man auf jeden Fall um Entschuldigung bitten. Deshalb gehe ich nun doch vor zur Schwester, obwohl ich dazu überhaupt keine Lust habe, und beschwere mich darüber, dass man meiner Mutter Leber statt der gewünschten Plinsen anbot und nicht für das Versehen um Entschuldigung bat.

„Das ist nicht meine Aufgabe, da müssen Sie mit der Chefin reden."

Mutter hat also recht, dass es nicht das Problem der Pfleger ist. Mich ärgert die Antwort der Schwester trotzdem, denn wer einen Pflegeberuf erlernt, sollte das Bedürfnis haben zu helfen. Eine Beschwerde oder Bitte einfach zurückzuweisen, weil man sich nicht zuständig fühlt, halte ich bei Alten, Kranken und sonstigen hilflosen Menschen für unverantwortlich.

Natürlich ist mir klar, dass nicht alles stimmt, was Mutter so redet oder es stimmt nur zur Hälfte. Vater beklagte sich immer, dass sie zwar wunderbar erzählen konnte, er aber nie wisse, welcher Teil davon der Wahrheit entspricht. Ihre Geschichten wandelte sie ständig ab und verpasste ihnen unterschiedliche Pointen.

Ich habe die Aufgabe übernommen, mich um Mutter zu kümmern und nehme all ihre Klagen ernst. Doch am Ende treibt sie vielleicht nur ein böses Spiel mit mir.

Mutter kneift ihre Augen zusammen und presst die Lippen aufeinander. Plötzlich schaut sie mich an und schreit: „Ich bin bestohlen worden. Und der Dieb bist du!" Bei *du* zeigt sie mit dem Finger auf mich.

Erschrocken zucke ich zurück. Doch ich weiß, dass ich ihre Provokationen nicht ernst nehmen darf. Ich will mich weder verteidigen noch rechtfertigen. Also frage ich ruhig: „Was genau vermisst du?"

„Meine Fotos! Meine Fotos sind weg."

„Alle?"

„Natürlich nicht!", giftet sie. „Nur das von Vati

und Detlef."

„Wir gehen jetzt in dein Zimmer und schauen nach", schlage ich vor.

Schwerfällig schaukelt sich Mutter aus dem Stuhl. Sie greift mit den Händen nach den beiden Armlehnen und versucht, sich nach oben zu drücken. Es gelingt ihr nicht. Schnell fasse ich unter ihre Achsel, um ihr zu helfen.

„Lass das! Du kannst das nicht. Du tust mir nur weh."

Schließlich steht sie auf ihren Beinen, wacklig zwar, aber sie steht. Ich gehe voran, öffne ihre Tür und lasse sie eintreten. Sofort fallen mir die angeblich vermissten Bilder auf, die wie immer an ihren gewohnten Plätzen auf dem Regal stehen.

„Gestern waren sie jedenfalls nicht da. Ich bin extra um Mitternacht aufgestanden und habe nachgeschaut, aber da waren sie nicht."

„Wie dem auch sei – jetzt ist alles wieder in Ordnung." Ich lächle sie an. Dann füge ich ernst hinzu: „Mir gefällt nicht, dass du mich einen Dieb schimpfst."

„Wer sollte sonst etwas nehmen? Du bist es doch, die jeden Tag hier ist. Und jemand anderes kann mit meinen Fotos gar nichts anfangen."

So sieht sie das also. Im Grunde stimmt es: Ich bin die Einzige, die sie täglich besucht. Also bin ich automatisch an allem schuld – zwar nicht an guten, sondern an allen schlechten Dingen. Doch dass sie mich als Dieb beschimpft und sagt, außer mir würde ihr keiner etwas wegnehmen, kränkt mich sehr.

„Komm, Mutti, wir gehen nach draußen."
„Was soll das bringen?"
„Bewegung ist gut für deinen Kreislauf und deine Muskeln. Außerdem ist schönes Wetter, die Sonne scheint."
„Na und? Das sehe ich auch von hier."
„Bis zur Liederstunde ist noch Zeit. Wir können uns so lange draußen auf eine Bank setzen, wenn du willst."
Mutter singt gern und kennt die Texte von unzähligen Volksliedern und Schlagern auswendig. Ich freue mich, dass sie heute Nachmittag solch eine schöne Beschäftigung hat.
„Will ich nicht. Und die Liederstunde kotzt mich an. Die ist langweilig."
„Allein in deinem Zimmer zu sitzen ist auch langweilig."
„Alles Scheiße! Scheiße! Scheiße!"
Solche ordinären Worte bin ich von Mutter nicht gewöhnt. Außerdem irritiert mich, dass sie plötzlich nicht mehr singen will.
„Ich will zurück nach Freiberg in die Tages-

pflege. Dort hat es mir gefallen."

Ich weiß, dass das nicht stimmt. Sie beklagte sich ständig über das sich wiederholende Programm und nannte es *billig, niveaulos.* Und jetzt erklärt sie mir, dass ihr die Veranstaltungen hier im Haus zu billig wären. Sie mag weder basteln noch rätseln, nicht Bingo spielen, nicht kegeln und schon gar nicht kochen oder Kuchen backen. Die Musik würde nichts taugen und nun auch die Lieder.

Manchmal glaube ich, dass jeder wohl genau das ertragen muss, was er am wenigsten erträgt – so wie ich Mutters ständiges Genörgel. Doch eigentlich muss ich das gar nicht. Deshalb sage ich: „Ich werde jetzt nach Hause gehen. Wenn du willst, nehme ich dich mit hinunter zum Singen, wenn nicht, bleibst du hier allein."

Sie schaut nicht einmal auf. Also verabschiede ich mich und lasse sie einfach sitzen.

Einige Tage später teilt sie mir mit: „Ich will wieder in meine Wohnung."

Es ist das allererste Mal, dass sie von ihrer Wohnung spricht. Mich wundert schon lange, dass sie nie danach fragt.

„Mutti, du weißt, das das nicht geht."

„Wenn man will, geht alles. Du willst nur nicht."
Darauf sage ich nichts.

„Du hast mich hierher gebracht, also sorgst du jetzt dafür, dass ich hier raus komme. Sofort!"

„Deine Wohnung ist längst aufgelöst."

Empört fuchtelt sie mit ihren Armen und schreit: „Dazu hattest du kein Recht!"

„Doch, das hatte ich sehr wohl. Du hast mich dazu bestimmt, deine Angelegenheiten zu regeln. Und das habe ich getan."

„Ich will das nicht."

Was will sie nicht? Dass ich mich kümmere? Hat sie wirklich geglaubt, sie könne zurück in ihre Wohnung? Ich weiß nicht, was ich sagen soll. Während ich nachdenke, gieße ich ihre vielen Orchideen und stelle einen frischen Blumenstrauß in eine Vase.

„Hörst du mir nicht zu? Ich will zurück in meine Wohnung", wiederholt sie.

„Ich sagte dir bereits, dass das nicht geht. Und das weißt du auch."

Mutter schnieft. Ich kann ihren Zorn direkt körperlich spüren und überlege, womit ich sie ablenken kann. Doch sie kommt mir zuvor.

„Was ist denn mit meiner Küche passiert? Und mein schönes Sonnenrollo! Die Teppiche!"

„Der Vermieter bestand darauf, die Wohnung komplett leer zu übernehmen."

„Ich hätte mit dem geredet."

„Das hätte nichts gebracht. Sie wollten deine Sachen nicht. Sie wollten eine vollkommen leergeräumte Wohnung."

„Und da hast du alles weggeschmissen! Typisch! Nichts achtest du!"

Wir drei Geschwister haben sehr wohl überlegt, ob einige Möbel oder Teppiche noch zu verwenden sind. Am Ende suchte sich jeder einige Andenken und etwas Geschirr und Bücher aus, um den Rest kümmerte sich eine Entsorgungsfirma.

Die meiste Arbeit machte sich Klaus mit all den Papieren, die Mutter stapelweise in jedem Schrankfach hortete. Teilweise waren die Briefe von der Bank, Krankenkasse, Versicherungen und sogar Freunden nicht einmal geöffnet. Sogar zum Teil unbezahlte Rechnungen fanden sich dazwischen. Uns wurde plötzlich bewusst, dass sich Mutter zuletzt wirklich nicht mehr zurecht fand. Immer, wenn wir ihr helfen wollten, schickte sie uns verärgert weg.

Klaus sortierte den ganzen Wust und ordnete Verträge in Mutters bis vor etwa zwei Jahren perfekt geführte Ordner ein. Er fand auch die Vorsorgevollmacht und die Patientenverfügung, leider beides nicht von ihr unterschrieben. Das mussten wir schnellstmöglich nachholen. Und ich informierte die Bank, Krankenkasse und Versicherungen von Mutters neuer Adresse im Pflegeheim. Außerdem wussten wir nun

114

endlich, über wie viele Einnahmen Mutter monatlich verfügte und waren beruhigt, dass sie den Zuzahlbetrag für das Heim selbst übernehmen konnte.

„Mutti, wir hatten viel Arbeit damit."
„Ich hab dich nicht darum gebeten."
Das stimmt. Gebeten hat sie mich nicht darum. Doch ihre Wohnung musste gekündigt und fristgemäß leer und besenrein übergeben werden. Bis zur Übergabe zahlte sie jeden Monat Miete. Das ist ihr offenbar überhaupt nicht klar. Doch dies alles zu erklären bringt eigentlich nichts. Im Grunde sucht sie nur Streit. Ich verstehe ihren Kummer, doch ich verstehe nicht, warum sie mich jeden Tag beschimpft. Nichts ist ihr recht, an allem hat sie etwas auszusetzen.
„Weißt du, ich komme täglich hierher, um dich zu besuchen. Doch ich merke, dass du dich nur ärgerst. Das möchte ich dir und mir nicht länger antun. Ich gehe jetzt und komme so schnell nicht wieder. Auf Wiedersehen."
Ich drehe mich um und verlasse das Zimmer.

Ärger mit Ärzten

„Hat Klaus endlich die Meiern erreicht?"

Frau Doktor Meier war früher Mutters Hausärztin.

„Warum?", frage ich.

„Sie muss doch wissen, wo ich jetzt wohne. Sie muss endlich kommen."

„Nein, Mutti, sie kommt nicht hierher. Du hast hier eine Hausärztin."

„Die ist nie da und außerdem will ich die nicht."

Es hat keinen Sinn, sie daran zu erinnern, dass sie Frau Dr. Meier nicht ausstehen konnte, obwohl sich diese wirklich rührend um sie gekümmert hatte.

„Ob es dir gefällt oder nicht, du musst dich mit der neuen Hausärztin abfinden. Das ist so vereinbart und für alle am besten. Besonders für dich." Damit beende ich das Thema und lasse mich auf keine weiteren Diskussionen ein.

Ich bin ganz begeistert von der neuen Ärztin, deren erste Amtshandlung daraus bestand, Mutters Medikamente zu reduzieren. Vorher nahm sie fast zwanzig Tabletten täglich. Doch die Hausärztin ist der Meinung, dass bei mehr als fünf Medikamenten pro Tag die Nebenwirkungen mehr schaden als das Mittel helfen kann. Für diese Einstellung, die ich ebenfalls schon lange teile, hätte ich sie am liebsten umarmt. Und nach gründlicher Überprüfung kommt Mutter nun mit drei Tabletten pro Tag aus.

„Wenn Sie heute Nachmittag Ihre Mutter besuchen, kommen Sie bitte zuerst ins Schwesternzimmer", sagt eine Stimme am Telefon.
„In Ordnung. Ist etwas passiert?"
„Ihre Mutter hat sich in der Nacht ihr Gebiss einsetzen wollen und dabei den Haken in ihre Wange gebohrt."
„Ach du lieber Schreck! Hat sie sich verletzt?"
„Nein, nicht weiter schlimm. Doch sie hat es heute Morgen erneut versucht und wieder in der Wange verhakt. Wir mussten ihr das Gebiss abnehmen. Bitte holen Sie es hier ab, ich kann es nicht für Sie aufbewahren."
Es wundert mich, dass es kein Schrankfach dafür gibt. Ich rufe sofort den Zahnarzt an und berichte das Malheur. Zufällig ist der Zahnarzt am nächsten Dienstag im Haus.
„Meine Mutter benötigt ein neues unteres Gebiss. Soll ich sie nicht lieber in Ihre Praxis bringen?"
„Nein, nein, wir haben alles dabei."

Solch eine moderne Möglichkeit einer transportablen Zahnarztpraxis ist natürlich für die alten Leute hier im Haus wunderbar bequem. Viele sind nicht mehr beweglich oder gar auf den Rollstuhl angewiesen.

So ohne Gebiss sieht Mutter furchtbar aus, die Wangen sind eingefallen, die Lippen verschwunden. Sie wirkt gleich um viele Jahre gealtert.

„Hat Klaus endlich meinen Zahnarzt ange-rufen?", fragt Mutter ungeduldig.

„Der kommt nicht aus Freiberg hierher und du kannst nicht mehr hin. Dein neuer Zahnarzt weiß schon Bescheid und fertigt dir ein neues Gebiss."

„Ich will keinen neuen Zahnarzt, ich will nur meinen Zahnarzt."

Ich erinnere mich sehr gut daran, dass Klaus vor einem Jahr vergeblich versuchte, sie zum Gang zum Zahnarzt zu überreden. Sie weigerte sich, weil der Arzt ihr Zähne ziehen wollte, was sie vehement ablehnte.

„Den wolltest du nicht, als du noch daheim in Freiberg wohntest."

„Aber jetzt will ich den. Der andere kann mir gestohlen bleiben!"

„Das kannst du ihm am Dienstag selber sagen. Er macht einen Abdruck und fertigt dir ein neues Gebiss."

„Das werden wir ja sehen!", sagt sie drohend und dreht sich zur Seite.

Damit bin ich entlassen.

Ich bringe am Dienstag das Gebiss ins Pflegeheim und fülle die vielen Fragebögen des Zahnarztes aus. Dabei gebe ich an, dass Mutter sehr schmerzempfindlich ist und große Angst vor Zahnärzten hat. Bei der Behandlung möchte ich allerdings nicht dabei sein.

Als ich sie am nächsten Tag besuche, hat sie bereits das neue Gebiss im Mund.

„Das ging aber schnell", staune ich.

„Ach, das machen die nicht selbst, das macht der Computer. Das wird nichts taugen."

„Sei doch froh, dass du wieder kauen kannst!"

„Eben nicht!", schimpft sie. „Es tut so weh. Passt nicht. Kann gar nicht passen."

„Das ist sicher normal am Anfang. Du musst noch etwas Geduld haben."

„Pff, Geduld, was soll das bringen? Außerdem hast du gelogen."

Ich zucke mit der Schulter. „Wobei?"

„Es war gar kein Zahnarzt, bloß eine Ärztin."

Was soll ich dazu sagen? Mutter war immer eine selbstbewusste Frau und zudem eine moderne Lehrerin, trotzdem wertet sie die Meinungen und Leistungen von Männern höher als die von Frauen.

Lange Zeit kann Mutter schlecht kauen. Sie hat nicht nur mit Fleisch Probleme, sondern auch mit Brot und vor allem mit Obst. Allein nach Bananen verlangt sie. Ich muss diese in kleine Häppchen schneiden, weil das Abbeißen ihr Schmerzen bereitet.

Als ich ihr heute ihre Banane schälen will, schimpft sie: „Jeden Tag Bananen! Die kommen mir schon zu den Ohren raus. Nimm sie wieder mit!"

„Ich dachte, du kannst nichts anderes kauen."

„Wer sagt das? So ein Unsinn! Ich habe noch nie Probleme mit dem Kauen gehabt."

Ich denke mir meinen Teil und lege die Banane kommentarlos in den Obstkorb der Wohn-gruppe, damit sie jemand anders genießen kann.

„Ich hätte mal Appetit auf Heringssalat. Hier gibt es jeden Abend das gleiche Einerlei."

Am nächsten Tag bringe ich ihr eine kleine Schale des gewünschten Heringssalates.

„Soll das für mich sein?"

Ich nicke ihr freundlich zu, präsentiere den Salat hübsch angerichtet auf einem Teller und lege eine Gabel dazu.

„Das kannst du gleich wieder wegräumen! Ich

esse keinen Fisch, das weißt du." Angewidert dreht sie ihren Kopf zur Seite.

Nun kann ich den Fisch niemandem mehr anbieten und ihn auch nicht für Klaus mit nach Hause nehmen. Ich entsorge ihn im Müll und ärgere mich über meine launische Mutter. Es ist äußerst schwierig, ihr eine Freude zu machen oder zu helfen. Hinzu kommt, dass sie sich in keiner Weise für irgend etwas dankbar zeigt.

„Wo sind meine Stiefel?"

„Sie stehen dort bei deinen anderen Schuhen, die grauen, siehst du?" Ich zeige auf ihr Schuhregal, das ihrem Bett genau gegenüber steht.

„Ich habe aber noch viel mehr Stiefel."

„Ich weiß, die sind bei mir im Schrank, weil im Moment Hochsommer ist und du sie jetzt nicht brauchst."

„Ich will sie aber hier haben."

Darauf sage ich nichts mehr.

Am nächsten Tag befürchte ich, dass sie nach ihren Stiefeln fragt und mich beschimpft, weil ich sie nicht dabei habe. Doch offenbar erinnert sie sich nicht mehr daran oder hat eingesehen, dass sie diese im Sommer wirklich nicht benötigt.

„Ist heute nichts los?"

„Doch, Mutti. Ein Geburtstagsfest für alle, die im August Geburtstag hatten."

„Da will ich hin."

„Das geht nicht, du hattest bereits im Juni Geburtstag."

„Na und? Das geht niemanden etwas an. Das ist allein meine Sache."

Ich seufze, sage aber nichts mehr dazu, sondern bestimme: „Jetzt gehen wir raus an die frische Luft."

Darüber muss Mutter nachdenken. Als wir endlich unterwegs nach draußen sind, sagt sie: „Aber wir gehen mitten durch den Raum, wo die alle sitzen. Ich will schließlich unterhalten werden."

Zum Glück lässt sie sich ablenken oder hat keine so gute Orientierung, so dass ich sie am Raum der Geburtstags"kinder" vorbei lenken kann.

Ich gehe fast täglich mit Mutter und ihrem Rollator spazieren. Das funktioniert recht gut, obwohl sie den Rücken stark beugt und dadurch sehr krumm läuft. Mit meinen Händen massiere ich ihren Rücken und die Schultern und hoffe, dass ihr das gut tut.

„Versuche mal, dich etwas gerade zu halten!", fordere ich sie auf.

„Wozu soll das gut sein?"

„Nun, du läufst so krumm. Vielleicht ist das der Grund für deine Rückenschmerzen."

„Unsinn. Mir tut nichts weh. Und wie soll das gehen?"

„Richte dich gerade auf und drücke die Schultern einfach etwas zurück!"

„Wie soll ich denn die Schultern zurück machen? Das geht doch nicht. Das ist doch Quatsch!", weist mich Mutter zurecht.

Ich versuche, mit meinen Händen zu helfen, indem ich die Schultern leicht nach hinten drücke.

„Lass das! Du tust mir weh."

Meist läuft sie mitten auf dem Weg. Da sie sich überhaupt nicht orientieren kann, greife ich oft ein und lenke ihre Gehhilfe in die richtige Richtung.

„Warum schiebst du nach der Seite? Das nervt mich."

„Da vorn kommen Radfahrer", warne ich.

„Na und? Die sehen mich doch."

„Das stimmt. Doch sie brauchen Platz, um auszuweichen und an dir vorbei zu kommen."

„Das fehlte noch", zischt sie.

Es gelingt mir tatsächlich nicht, den Rollator aus dem Weg zu lenken, so heftig drückt Mutter dagegen. Die Radfahrer müssen schließlich anhalten, absteigen und warten, bis wir vorüber gezuckelt sind.

Wir laufen nur um das Haus herum, ein kurzes Stück Fußweg, wo wir vielen Leuten, Kindern und Hunden auf ihrem Weg in den Wald begegnen. Dann geht es durch den kleinen Park, der zum Heim gehört, zurück. Diese maximal zehn Fußminuten strengen sie sehr an. Sie jammert und wirft mir vor, ich würde sie absichtlich quälen, da ich doch wüsste, dass sie das Laufen anstrengt.

„Es ist einfach wichtig für deinen Kreislauf, dass du dich bewegst.

„Es macht aber keinen Spaß!"

„Spaß macht es mir auch nicht. Vor allem nicht, wenn du ständig schimpfst. Ich mache das allein dir zuliebe."

„Ich will diesen Quatsch nicht. Merk dir das endlich!"

Es ist nicht Aufgabe der Pfleger, die Bewohner spazieren zu führen. Und die Therapeuten kümmern sich vorrangig um die seelische Verfassung. Zu Mutter kommen zwei spezielle Therapeuten je einmal pro Woche. Der eine trainiert ihr Gedächtnis, der andere ihre Muskeln. Doch hinaus in den Park und den Wald gelangen nur die Bewohner, die das allein oder mit Hilfe ihrer Angehörigen bewerkstelligen. Deshalb halte ich es für meine

Aufgabe, Mutter hinaus an die frische Luft zu führen. Mir tut es leid, dass sie diese kleinen Spaziergänge nicht genießen kann oder will. Doch man kann niemanden zu seinem Glück zwingen. Also frage ich ab sofort, ob sie hinaus mag – falls nicht, belasse ich es dabei und lese ihr lieber vor.

Kaffeeklatsch

Einmal im Monat findet ein Kaffeeklatsch im Heim statt. An diesem Tag gibt es Kaffee und Kuchen nicht wie üblich in den Wohnbereichen, sondern im großen Saal, in dem alle Bewohner Platz finden. Auch die Angehörigen sind immer herzlich eingeladen. Das Besondere an diesem Kaffeeklatsch ist, dass die Kuchen von den alten Bewohnern selbst gebacken werden.
Ich begrüße Mutter. Sie schimpft; „Uns holt wieder mal keiner."
„Keine Sorge, wir gehen jetzt zusammen runter und ich nehme noch deine Nachbarin, die Frau Berger mit."
„Die kann selbst laufen."
Ich schüttle den Kopf, denn Frau Berger sitzt im Rollstuhl. Von allen Seiten werden Bewohner von den Therapeuten, Schwestern und Pflegern gebracht und sammeln sich am

Fahrstuhl. Drei große Rollstühle passen hinein.

„Ich hätte noch mitfahren können", behauptet Mutter.

„Nein, das wäre zu eng geworden."

„Du hast wieder einmal nicht aufgepasst und kümmerst dich mehr um die anderen anstatt um mich", schimpft sie.

Es hat keinen Sinn, ihr darauf zu antworten. Ich habe mir vorgenommen, mich nicht mehr provozieren zu lassen und will auch in kein Streitgespräch verwickelt werden. Jedenfalls ärgert es mich, dass sie immer nur an sich selbst denkt.

Vor dem Saal stehen zehn oder mehr Rollatoren.

„Stelle deinen Rollator dazu!", bitte ich.

„Dann finde ich den nicht wieder", protestiert sie.

Ich mache sie auf das rosa Blümchen aufmerksam, das wir extra an ihrer Gehhilfe befestigt haben, damit sie diese leicht erkennt.

Ich stütze sie am Arm und geleite sie in den Raum. Sie lässt sich sofort mit beiden Armen schwer auf den ersten Tisch fallen, an dem schon eine alte Dame sitzt. Gerade noch rechtzeitig kann ich die Sammeltassen zurück-schieben, denn Mutter hangelt sich am Tisch entlang und schlägt meinen Arm zurück. Ich helfe ihr trotzdem in den Stuhl, der ihr durch seine hohen Seitenlehnen Halt gibt.

„Wann gibt es endlich Kuchen?", schimpft sie. „Mir dauert das alles zu lange."

„Es dauert eben, bis die sechs Therapeuten fast achtzig Bewohner hergebracht haben."

„Was geht mich das an? Ich will jetzt Kuchen!"

Natürlich muss Mutter trotzdem warten, bis die Kaffeetafel von einer Therapeutin eröffnet wird.

„Heute werden Mohn- und Kartoffelkuchen angeboten. Welchen möchtest du?", erkundige ich mich.

„Es gibt auch Kirsch."

Kirschkuchen entdecke ich keinen, also bringe ich ihr je ein Stück der beiden anderen Sorten.

„Es muss noch Sahne dabei sein", bemerkt sie.

„Sahne habe ich keine gesehen, doch ich hole jetzt noch Kaffee für alle hier am Tisch."

„Was gehen dich die fremden Leute an? Du hast dich um mich zu kümmern!"

Darauf sage ich nichts, obwohl ich mich über Mutters Garstigkeit ärgere. Sie beißt in den Kartoffelkuchen und löffelt zwischendurch vom Mohnstück, in dem noch Mandarinen einge-backen sind.

„Schmeckt´s?", frage ich.

„Kann ja nicht. Ist ja der falsche Kuchen."

Trotzdem futtert sie beide Stücke eilig auf.

„Außerdem kann ich nicht kauen mit diesem scheußlichen Gebiss."

Dafür konnte sie erstaunlich schnell essen. Laut sage ich: „Es tut mir leid, dass du immer noch Schmerzen hast. Die Zahnärztin ist im Urlaub. Ich kann sie erst am Montag erreichen."

„Werd´s überleben, hoffentlich." Mutter schaut ihre Nachbarin an, dann mich. „Ich weiß gar nicht, was dieser Unsinn hier soll."

„Unterhalten soll man sich, mal andere Leute kennenlernen."

„Wozu? Außerdem redet sowieso keiner."

Ich bitte sie zu lauschen. Ringsum hört man fröhliches Geplapper.

„Hier an diesem unmöglichen Platz, wohin du mich gestopft hast, kann man mit niemandem reden."

Jetzt reicht es mir. Immerhin hat sie sich diesen Platz selbst ausgesucht, indem sie sich auf den erstbesten Stuhl fallen ließ.

„Weil du ohne Pause schimpfst, gehe ich jetzt nach Hause."

Ich gebe ihr einen flüchtigen Kuss, stehe auf und gehe. Ich laufe hoch in ihr Zimmer und schaue in die Fernsehzeitung, um ihr eine Sendung für den Abend auszusuchen. Das hatten wir vorhin in der Eile ganz vergessen, denn sie kann schon lange die Fernsehzeitung nicht mehr lesen. Ich wähle eine Schlager-sendung und schreibe mit übergroßen Zahlen und Buchstaben Uhrzeit, Sender und

Programm auf einen Zettel: *20:15 Uhr, 6. Schlager.* Den Zettel lege ich gut sichtbar auf den Nachttisch unter die Fernbedienung. Dann ziehe ich meinen Mantel an und fahre ziemlich frustriert nach Hause.

Besuche

Mutter hat zwei Seiten – eine wunderschöne, freundlich-charmante, äußerst heitere und kontaktfreudige Seite und eine etwas fiesere, unberechenbar launische, labile Seite. Mit welcher dieser Seiten sie sich zeigt, hängt von ihrem Umfeld und ihrer momentanen Laune ab. Leider scheint die heitere Seite komplett verschwunden zu sein. Hinzu kommt, dass Mutter sehr kritisch ist und ihr Urteil ungebremst hinausposaunt, was oft schwer zu ertragen ist. Außerdem liebt sie kurze und knappe Ansagen.

„Du musst noch mit mir auf Klo!", bestimmt sie zum Beispiel.

Oder sie ordnet an: „Du ziehst mir jetzt die anderen Schuhe an!"

Groß umschreiben oder umständlich darum bitten mag sie nicht.

Verabschiede ich mich mit: „Ich komme morgen wieder", bellt sie: „Davon gehe ich aus!"

Kein: „Das freut mich." oder sogar: „Das ist sehr lieb von dir."

Zudem wirkt Mutters Tonfall wie ein strenger Befehl und sie schaut nicht freundlich dabei. Deshalb fühle ich mich mit mürrischer Stimme kommandiert, was mir die Freude nimmt, ihr einen Gefallen zu tun.

Mutter liebt Besuche und war immer eine ausgesprochen großzügige Gastgeberin. Sie ging auch selbst gern zum Kaffeeklatsch und feierte gern. Nun kann sie nirgendwo mehr allein hin und ihre Gäste nicht mehr bewirten.

Trotzdem freut sie sich sehr über den Besuch einer Schwägerin, die ihr Blumen, Säfte und allerlei Süßigkeiten mitbringt. Zuerst hört sie aufmerksam zu, doch plötzlich sagt sie barsch: „Geh endlich! Du warst lange genug hier."

Mutters beste Freundin kommt aus Freiberg. Die beiden Frauen verbindet über fast fünfzig Jahre ein gemeinsamer Berufsweg, woraus sich eine sehr enge, freundschaftliche Beziehung entwickelte. Leider ist diese Freundin sehr krank und kann sich wegen verschiedener Probleme kaum bewegen. Außerdem muss sie sich um ihren ebenfalls schwer erkrankten Mann kümmern. Deshalb kommt sie kaum aus dem Haus, hat sich jedoch Mutter zuliebe auf den Weg gemacht, um sie mit ihrer Gesellschaft zu erfreuen.

Doch Mutter sieht die Freundin nur kurz an, legt sich wortlos ins Bett und dreht ihr den Rücken zu. Zuerst ist die Freundin recht ratlos. Dann strafft sie sich und fragt: „Hast du eine Vase?"

„Na klar!"

„Wo finde ich die?"

„Im Schrank! Wo sonst?"

Die Freundin lacht. Sie ist Mutters Art gewöhnt, doch nicht, dass sie ihr den Rücken zudreht. Noch immer kichernd füllt sie Wasser in eine Vase und stellt den mitgebrachten Blumenstrauß hinein. Dann zieht sie sich einen Stuhl in die Nähe des Bettes und sagt: „Ich setze mich jetzt zu dir."

Mutter reagiert nicht.

„Brigitte, bist du müde? Willst du lieber schlafen?"

Darauf erhält sie keine Antwort.

„Soll ich dir etwas erzählen?", versucht sie erneut, Mutters Aufmerksamkeit zu erreichen. Als sie glaubt, ein Brummen zu hören, erzählt sie Neuigkeiten von ihren Kindern und Enkeln. Nach etwa zehn Minuten ist es ihr zu dumm, auf einen Rücken und einen ihr entgegen gestreckten Hintern zu sprechen. „Schläfst du? Gehe ich dir auf die Nerven?"

Mutter reagiert noch immer nicht.

Die Freundin fragt sich, warum sie sich diese recht seltsame Unhöflichkeit bieten lässt, will aber nicht einfach aufstehen und gehen. Schließlich wird es ihr doch zu dumm.

„Ich habe dir die Pralinen und den Sekt auf den Tisch gestellt. Lass es dir schmecken! Ich gehe jetzt."

Auch darauf reagiert Mutter nicht. Sie sagt nichts, sie dreht sich nicht um, sie liegt in ihrem Bett und starrt auf die Wand. Die Freundin weiß nicht, was in Mutters Kopf vorgeht, was sie möglicherweise falsch gemacht hat und verlässt verunsichert und verärgert den Raum.

Anschließend ruft sie mich an und erzählt mir die ganze Geschichte. Mich empört Mutters Verhalten, doch ich tröste die Freundin mit den Worten: „Ärgere dich nicht! Mutter ist krank, sie kann nichts dafür."

Das Sommerfest

Ende August. Der Tag soll laut Wetterbericht extrem heiß werden, fast 40 Grad. Mir wird schon allein beim Gedanken an eine derartige Hitze schwindlig. Trotzdem muss ich den Backofen anheizen, denn ich habe versprochen, zum Sommerfest einen Kuchen beizusteuern. Es soll ein Kuchen sein, den

Mutter früher gern gebacken hat, um das Erinnerungsvermögen zu aktivieren.

Sie buk nahezu an jedem Wochenende, meist ein Blech Streuselkuchen und eines mit Quarkkuchen. Unser Vater und ich mochten am liebsten Streuselkuchen, Mutter und Jutta den Quarkkuchen, unser Bruder aß beides gern.

Ich will Mutter zuliebe einen Quarkkuchen backen und habe bereits eineinhalb Pfund Quark besorgt – ausreichend für eine runde Springform. Auf den Teig verteile ich die Quarkmischung. Nach einer dreiviertel Stunde ist der Kuchen fertig und ich gebe zerlassene Butter und Puderzucker obenauf. Es ist so heiß in der Wohnung, dass die Butter flüssig bleibt. Also schiebe ich den Kuchen kurzerhand in den Kühlschrank.

Der kleine Parkplatz am Pflegeheim ist rappelvoll, doch ich entdecke am Waldrand einen schattigen Platz für mein Auto.

Mutter sitzt in der prallen Sonne.

„Glauben Sie mir, ich habe alles versucht, sie in den Schatten zu dirigieren", beteuert der Pfleger.

Ich glaube ihm, denn ich weiß, dass Mutter die Sonne liebt und ihr Hitze nichts ausmacht, obwohl sie jedes Mal stark schwitzt.

Der Pfleger cremt sie fürsorglich dick mit

Sonnenschutz ein und setzt ihr einen Strohhut auf den Kopf. Auch mir bietet er einen solchen Hut an, den ich dankend annehme.

Ringsum sind mehrere Biertische aufgebaut. Auf einer Seite stehen für die Bewohner Stühle, gegenüber finden Rollstühle Platz. Wir sitzen am Rand an einem kleinen runden Cafétisch.

Auf jedem Platz liegt eine Papierrolle, die mit einer hübschen Schleife zusammengehalten wird und an der ein in rote Folie verpacktes Herzchen aus Schokolade hängt. Das Herz fühlt sich flüssig an, was mich bei dieser Hitze nicht wundert.

Der Pfarrer hält eine lange Rede über den Glauben. Er ermahnt die alten Herrschaften, keine Unterschiede zwischen den Gläubigen zu machen und erklärt, dass es gleichgültig sei, aus welchem Land jemand käme. Er nennt einen Moslem, der einen christlichen Flüchtling daran erinnert, dass er am Sonntag beten muss. Das sollte wohl ein gutes Beispiel sein, doch mir zeigt es, dass dieser Pfarrer sehr wohl Unterschiede macht zwischen Leuten unter- schiedlicher Herkunft und Glauben. Merkt er nicht, dass er vor Leuten spricht, die nach 80 bis 100 Lebensjahren derartige Belehrungen nicht mehr benötigen? Die meisten Bewohner haben ihn sowieso nicht verstanden.

Zum Schluss bittet er die Bewohner, die Papierrolle zu öffnen. Darin befindet sich der Text eines eindeutig christlichen Liedes. Die alten Leute können zum großen Teil das Band nicht allein entfernen und schon gar nicht die Schrift entziffern.

Ganz sicher handelt der Pfarrer in guter Absicht, doch das Mitdenken und Einfühlen in seine Nächsten gelingt ihm offenbar nicht.

Zum Glück ist die Sonne inzwischen hinter dem Haus verschwunden und wir sitzen endlich im Schatten, was mir viel angenehmer ist.

„Wann gibt es endlich Kuchen?", schimpft Mutter ungeduldig.

„Sobald der Pfarrer mit seiner Rede fertig ist, hole ich dir Kuchen", verspreche ich.

„Ich kann genauso gut essen, wenn der faselt."

Darüber muss ich zwar lachen, doch warte ich höflich das Ende seiner langen Rede ab.

Neben meinem selbstgebackenen Quarkkuchen wähle ich für Mutter noch ein Stück Pflaumenkuchen.

„Es fehlt Sahne", bemängelt sie.

Das hört eine Therapeutin und sprüht ihr Fertigsahne aus einer Dose auf den Kuchen. Sobald Mutter ihren Teller leergeputzt hat, meckert sie: „Kuchen bei dieser Hitze. Wer hat sich diesen Unsinn ausgedacht?"

„Frau Müller, es gibt später Erdbeereis", tröstet die Therapeutin.

Von der ruhigen Ausgeglichenheit der Pfleger lerne ich, wie ich von Tag zu Tag gelassener mit Mutter umgehen kann.

Das größte Vergnügen für Mutter ist, als ein älteres Paar altbekannte Schlager darbietet. Mutter kennt sämtliche Texte und singt laut mit, auch andere Bewohner erfreuen sich sichtlich an der unterhaltsamen Musik.

Mich beeindruckt es immer wieder, wenn Leute, die nicht mehr reden und sich an keinem Gespräch beteiligen können, komplette Texte von Schlagern und Volksliedern beherrschen und mitsingen. Die Freude der alten Menschen steckt mich direkt an. Schlager kenne ich zwar keine, doch bei den Volksliedern halte ich zünftig mit.

Mutter genießt inzwischen mit großem Appetit eine Erdbeerbowle.

Die Schwestern, Pfleger und Therapeuten kümmern sich die ganze Zeit ausgesprochen rührend um die Bewohner, bringen sie zur Toilette, helfen beim Essen, schenken Getränke nach usw. u.s.f. Diesen Einsatz zu beobachten ist für mich die reine Freude und ich bin täglich dankbar, für Mutter solch einen schönen Platz gefunden zu haben.

Zum krönenden Abschluss gibt es Bratwurst vom Grill, dazu Kartoffelsalat. Mutti futtert zwei Würste und trinkt dazu mit Genuss ein Bier.

Inzwischen stellt sich ein Posaunenchor auf: zwei Posaunen, zwei Trompeten und zwei Hörner. Die Blasmusik erinnert uns an Vater, der Posaune blies und später Tenorhorn, als ihm die Luft für die Posaune fehlte.
„Wieso heißt das Posaunenchor?", will Mutter wissen. „Die singen gar nicht und es sind nur zwei Posaunen."
Auch ich finde das seltsam. Doch ich weiß, dass der Begriff aus der evangelischen Kirche stammt und sämtliche Bläser als Posaunenchor bezeichnet, wobei es früher wohl tatsächlich nur Posaunen waren.
Am Abend fahre ich zufrieden nach Hause und freue mich, dass Mutter einen so wunderbaren Nachmittag genießen durfte.

Urlaub

„Du kannst nicht in den Urlaub fahren! Wie bringst du es fertig, mich hier allein zurückzulassen?" Mutter ist entsetzt und schaut mich wütend an. Jetzt weint sie auch noch.
„Du bist nicht allein", versuche ich, sie zu

trösten. „Außerdem wird sich hier gut um dich gekümmert."

„Ich will aber, dass *du* dich kümmerst!"

Das ist wieder einmal typisch Mutter! Sie denkt nur an sich und fordert. Nie denkt sie an mich.

„Ich brauche den Urlaub", sage ich und seufze. „Ich brauche ihn wirklich."

Die harte Arbeit in der Großküche und der tägliche Besuch bei Mutter hat mich verbraucht und stark altern lassen.

„Und ich brauche *dich!*", faucht sie.

Das ist neu, dass sie zugibt, mich zu brauchen. Doch lieber wäre mir, sie würde mir von Herzen einen schönen Urlaub und gute Erholung wünschen. Im Moment fühle ich mich wie ausgebrannt.

Normalerweise verreisen wir eine Woche im Mai. Doch da ging es Mutter nicht gut, sie war neu im Heim, fühlte sich abgeschoben und unglücklich. Außerdem mussten wir ihre Wohnung ausräumen. Auch im Sommer wagte ich keine Reise, weil sie sich so schwer ins Pflegeheim einlebte.

„Mutti, diesen Urlaub habe ich bereits gebucht und werde auf jeden Fall fahren. Es tut mir nur leid, dass unser Sohn ausgerechnet zur gleichen Zeit wegfährt und du somit keinen Besuch bekommst."

„Schlecht geplant!", faucht sie.

„Dein Enkel konnte leider nicht anders frei nehmen." Etwas garstig füge ich hinzu: „Immerhin hast du einen Sohn, der keine zehn Fußminuten entfernt wohnt."

Mich ärgert, dass Detlef bisher nur zwei Mal hier im Heim aufkreuzte. Er blieb nie länger als fünf Minuten. Das erste Mal kam er direkt nach Mutters Einzug und das zweite Mal einige Tage vor ihrem Geburtstag, was inzwischen reichlich drei Monate her ist. Er mag unsere Mutter nicht, weil sie ihn vor Jahren mit einer ihrer typisch spitzen Bemerkungen sehr verletzte. Das kann ich zwar verstehen, doch sollte er in der Lage sein, seiner alten und recht verwirrten Mutter zu verzeihen. Seltsamerweise lehnt er auch zu mir jeden Kontakt ab und geht nicht einmal ans Telefon, wenn ich ihn anrufe. Deshalb stecke ich ihm Zettel mit wichtigen Informationen in seinen Briefkasten. Über meinen Urlaub wird er ebenfalls auf diesem Weg erfahren.

Als ich mich verabschiede, schreit Mutter mir nach: „Es wird etwas ganz Schlimmes passieren, wenn du weg bist!"

Sofort treibt mir das die Tränen in die Augen. Was ist, wenn sie irgendeine Vorahnung hat?

Ein Pfleger hält mich auf. „Ich habe die Worte Ihrer Mutter gehört. Machen Sie sich nicht so viele Gedanken. Sie ist hier gut aufgehoben. Außerdem haben wir Ihre Handynummer und auch die Ihres Bruders."

Dankbar lächle ich ihn an und nehme mir vor, mich ganz auf meine Erholung und eine schöne Zeit mit Klaus zu konzentrieren.

Zu DDR-Zeiten war es damals äußerst schwierig, einen Urlaubsplatz zu bekommen. Das ging ohnehin nur, wenn der Betrieb über ein eigenes Ferienheim verfügte. Familien mit Schulkindern waren auf die Ferienzeiten angewiesen, doch dafür reichten die Plätze nicht. Falls man das Glück hatte, solch eine Reise zu ergattern, landete man immer im gleichen Haus. Private Angebote gab es so gut wie gar nicht.

Wir Kinder verbrachten deshalb meist drei Wochen in Ferienlagern, die ebenfalls von den Betrieben betreut wurden und mir wegen der straffen Organisation überhaupt keine Freude bereiteten. Für kleinere Kinder gab es die Ferienspiele im Schulhort, ansonsten fuhr man zu einer Oma oder sonstigen Verwandten oder blieb einfach allein zu Hause.

Von unserem Urlaubsplatz in Österreich rufe ich Mutter jeden Tag an. Sie erzählt, dass Nachbarn aus unserem Haus sie besuchten, was ich ausgesprochen nett von ihnen finde. Nur ihr Sohn kommt kein einziges Mal während der gesamten Woche, obwohl ich ihn mit einem Zettel darum bat. Darüber ärgere ich mich sehr.

Ich beklage mich telefonisch bei Jutta über unseren uneinsichtigen Bruder.

Doch sie lacht mich aus. „Weshalb macht dich das wütend? Du kannst sowieso nichts ändern, also ärgere dich nicht!"

Das ist leicht gesagt, doch mir fällt es schwer, Detlefs Verhalten so locker hinzunehmen.

Sofort nach dem Urlaub besuche ich Mutter und rechne mit ihrer üblich schlechten Laune.

„Na, wie ist es dir während der Woche ergangen?", erkundige ich mich zaghaft.

„Ganz gut. Aber erzähle du vom Urlaub und vor allem, was ihr Schönes erlebt habt!"

Im ersten Moment verschlägt es mir direkt die Sprache, denn ich kann mich an kein einziges Mal in meinem ganzen Leben erinnern, an dem mich Mutter gefragt hätte, wie es mir geht, worüber ich mich freue oder was mich ärgert.

Von diesem Tag an erlebe ich sie wie verwandelt. Sie lächelt oft und schimpft nicht mehr ständig.

Sogar mit dem Friseur des Hauses ist sie zufrieden. In Freiberg ließ sie sich ihre Haare orange färben. Inzwischen ist diese auffällige und meiner Meinung nach unpassende Farbe herausgewachsen und ihre Haare fühlen sich kräftiger an und sehen trotz Mutters Alter und der grauen Farbe richtig gesund aus.

Auf einmal ist es leicht, ihr eine Freude zu bereiten und macht mir richtig Spaß. Ich bringe ihr wie bisher bei jedem Besuch Schokolade, Kekse und frische Blumen mit, helfe bei der Auswahl der Mahlzeiten und des Fernseh-programms.

Beim Essen haben wir fast den gleichen Geschmack. Wir mögen beide Nudeln in jeder Variante und bei Fleisch am liebsten Schwein, lehnen Innereien und süß-saure Gerichte ab.

Doch bei Filmen liebt Mutter genau die Filme, die ich niemals anschaue und ausgerechnet die Schauspieler, die mir unsympathisch sind.

Allerdings ist sie kaum noch in der Lage, die Fernbedienung richtig zu nutzen, da sie die kleinen Tasten nicht mehr unterscheiden kann und eher wild darauf herumdrückt.

Mir fällt ein, dass sie daheim im letzten Jahr ihren Computer nicht mehr bedienen konnte. Fast täglich verschob sie ungewollt Programme und Portale und löschte Texte. Sie rief dann nach einem Spezialisten, der unglaublich geduldig alles wieder in Ordnung brachte.

Leider kommt sie nicht einmal mehr mit ihrem Telefon zurecht. Sie findet die Direktwahltaste mit meiner Nummer nicht, obwohl diese besonders groß ist und rot leuchtet. Selbständig anrufen kann sie schon lange nicht mehr. Außerdem legt sie nach einem Telefongespräch oder mitten in der Unterhaltung den Hörer irgendwo ab, so dass sie bis zu meinem nächsten Besuch telefonisch nicht erreichbar ist.

Bei schönem Wetter spazieren wir durch den kleinen Park am Haus und ich lese ihr täglich vor. Um 15:30 Uhr bringe ich sie in den Veranstaltungsraum zum Musikhören, Basteln, Kegeln, Filmschauen oder Singen.

Der Anfang

Manchmal sprechen wir über Mutters Vergangenheit, weil ich den Eindruck habe, dass ihr das Freude bereitet. Sie erzählt allerdings nicht von allein, doch sie beantwortet bereitwillig meine Fragen.

Brigitte wurde 1934 geboren und blieb ein Einzelkind, da ihr Vater kurz nach ihrer Geburt tödlich verunglückte. Nun musste ihre Mutter allein für den Lebensunterhalt sorgen und konnte sich nicht mehr um ihr Kind kümmern.

Kindergärten gab es damals nicht.

Deshalb wuchs Brigitte bis zum Abschluss der dritten Schulklasse bei ihrer recht strengen Oma auf. Um das lebhafte Kind zu maßregeln, nahm diese ein Handtuch zu Hilfe, mit dem sie hin und wieder zuschlug. Der Opa glich diese Strenge durch besondere Gutmütigkeit aus. Die kleine Brigitte empfand es als liebevoll, dass ihr der Opa heimlich eine Strumpfhose kaufte, damit sie nur daheim die selbstgestrickten Strümpfe der Oma tragen musste, die abscheulich auf der Haut kratzten.

Die Oma arbeitete als Wäscherin. Sie ging zu den Leuten nach Hause und wusch und pflegte deren Wäsche.

Die Mutter meiner Mutter arbeitete bei der Post. Manchmal musste sie während des Krieges traurige Telegramme zustellen, manchmal aber auch ein Paket. So kam es, dass ihr hin und wieder ein Apfel oder sogar ein Stück Wurst oder Schokolade zugesteckt wurde. Das half wirtschaften.

Nach Kriegsende lernte sie Paul kennen, der aus Jugoslawien aus der Gefangenschaft kam. Als die Beiden zusammenzogen, holten sie Brigitte nach Hause in eine winzig kleine Zwei-Zimmer-Wohnung in Riesa.

Paul war ein dicker, lieber und äußerst ruhiger

Mann. Ich habe niemals ein lautes Wort von ihm gehört. Ganz im Gegensatz zu ihm machte Oma (die Mutter meiner Mutter) viel Lärm. Sie lachte oft und schallend, sogar mitten auf der Straße. Ihr machte es nichts aus, wenn sich die Leute empört nach ihr umdrehten. Sie lachte einfach, wenn ihr danach zumute war.

Meine Mutter wurde von ihrer Mutter liebevoll Jette genannt und sehr verwöhnt. Sie bekam jeden Wunsch erfüllt – gleichgültig, ob sie um eine Gitarre bat oder neue Schlittschuhe. Jette bekam alles, was sie sich in den Kopf gesetzt hatte. Vielleicht lag das daran, dass sie den Vater meiner Mutter sehr geliebt hatte.
„Meine liebe Jette, du hast die gleichen wunderschönen blauen Augen wie dein Vater", schwärmte sie.
„Ich hätte aber lieber so schöne braune wie du", beklagte sich Brigitte.

Nach Abschluss der Hauptschule lernte sie in Rathen Erzieher-Helfer. Sie hätte weiterlernen können, doch sie wollte viel lieber sofort Geld verdienen. Ihr wurde eine Arbeitsstelle in einem kleinen Kindergarten in Freiberg zugewiesen.
Um ein Zimmer für die Nacht musste sie sich selbst kümmern. Doch bei jeder Zimmer- vermittlung hieß es: „Wir vermieten nur an

Herren."

Deshalb schlief sie im Kindergarten auf einer viel zu kurzen Liege für Vorschulkinder, was alles andere als bequem war. Obendrein gruselte sie sich so allein in der Nacht in dem fremden, finsteren Gebäude.

Eines Abends saß sie verzweifelt auf einer Haustreppe, nachdem sie wieder abgewiesen worden war, und weinte. Sie wollte nicht mehr im Kindergarten übernachten. Die Stadt war ihr fremd, sie kannte keine einzige Menschenseele und fühlte sich einsam und verlassen.

„Na, na, junges Fräulein, wer wird denn so bitterlich weinen?", hörte sie plötzlich eine freundliche Männerstimme. „Haben Sie Liebeskummer?"

Brigitte schüttelte den Kopf und schnäuzte in ihr Taschentuch. „Ich weiß nicht, wo ich hin soll. Die Schickse hier im Haus vermietet wie alle in der Stadt nur an Herren."

„Die Schickse hier im Haus ist meine Frau."

Brigitte biss sich erschrocken auf die Lippen und bat stotternd um Entschuldigung.

„Kommen Sie!" Der nette Mann half Brigitte auf und schob sie ins Haus. „Das klären wir gleich."

Von diesem Tag an hatte sie eine winzige Kammer mit Bett und Kommode und durfte sogar an den Wochenenden in der Druckerei der Wirtsleute helfen, was ihr zu einem kleinen Taschengeld verhalf.

Im Januar 1953 lernte sie auf dem Tanzboden meinen Vater kennen. Hugo musste recht lange um sie werben, denn er war zwar groß und schlank, hatte aber blonde Haare und sehr helle blaue Augen; Brigitte mochte braune Augen und dunkle Haare lieber.

Hugo bedeutet *Geist, Verstand* und passte perfekt zu meinem Vater. Er war still und sehr ausdauernd und ließ sich nicht so leicht abweisen, was Brigitte schließlich imponierte. Sie verliebte sich in Hugo und erlaubte ihm, sie Jette zu nennen.

Eines Abends bekam sie ihren ersten Kuss. Sie fand es zwar schön, erschrak aber, weil sie glaubte, nun schwanger zu sein. In dieser Nacht erfuhr Brigitte von ihrer Freundin, wie und wodurch die Babys entstehen. Völlig empört legte sie fest: „So etwas Ekliges mache ich *niemals!*"

Eines Tages nahm Hugo seine Jette mit zu sich nach Hause und stellte sie seiner Familie als seine Braut vor.

„Das ist mein Bruder Kurt. Das ist mein Bruder Fritz. Das ist mein Bruder Hermann und das mein kleiner Bruder Gerhard." Bei jedem

Namen zeigte er auf einen anderen jungen Burschen.

Das war zu viel für Brigitte. Hugo hatte hin und wieder erwähnt: „Mein Bruder sagte … Das hat meine Schwester genäht", doch Brigitte stellte sich immer nur einen Bruder und eine Schwester vor. Nun erfuhr sie, dass er fünf Brüder und sechs Schwestern und außer der Mutter noch eine alte Großmutter hatte. Sie wohnten in einem Haus in einer kleinen Industriegemeinde, fünf Kilometer von Freiberg entfernt.

Brigitte durfte in der Bodenkammer übernachten.

„Wegen dir mussten ich und meine Brüder unten bei den Mädchen schlafen!", schimpfte der kleine Gerhard am nächsten Morgen.

Brigitte hatte nicht gewusst, dass der Familie nicht das ganze Haus gehörte, sondern nur die kleine Wohnung im Erdgeschoss und die Bodenkammer. Die Mädchen schliefen im Mittelstock, wo noch eine alte Dame und eine Frau mit ihrer kleinen Tochter wohnten.

Trotzdem bezog sie bald mit Hugo die Bodenkammer, die Geschwister rückten in den anderen Zimmern enger zusammen.

Bald darauf wurde ich geboren und zwar genau an Mutters zwanzigsten Geburtstag.

Familie meines Vaters

Mein Vater arbeitete in einer Metallgießerei, die Mutter bald nach meiner Geburt wieder im Betriebskindergarten. Ich blieb bei Oma, der Mutter meines Vaters. Sieben ihrer zwölf Kinder lebten noch in ihrem Haushalt. Einen Opa gab es nicht, dafür eine weitere Oma – meine Urgroßmutter. Sie saß den ganzen Tag in ihrem Sessel oder draußen auf einem Mauer-vorsprung neben der Treppe und schaute auf die Straße. Wenn ich sie sah, wusste ich, warum alte Leute stundenlang aus dem Fenster schauten: sie schauten dem Leben zu, ohne selbst zu leben.

Die Oma mochte ihre Mutter nicht, denn die hatte sie gezwungen, einen Bauernburschen zu heiraten, obwohl sie einen Anderen liebte. Die beiden Bauernhöfe sollten zusammen kommen und den Besitz vermehren. Omas Mann hatte allerdings keine Lust, sich um die Felder und die Tiere zu kümmern. Er wollte Musik machen, in den Dörfern zum Tanz aufspielen und sich vergnügen. Wenn er spät in der Nacht nach Hause kam, fiel er über seine Frau her und schwängerte sie zweiundzwanzig Mal. Acht dieser Babys waren nicht lebensfähig, eines starb kurz nach der Geburt und der älteste Sohn fiel im Krieg.

Die Kinder mussten von klein auf mithelfen – für Zärtlichkeiten blieb keine Zeit und die hielt auch keiner für notwendig.

Obwohl meine Oma ihre Mutter nicht mochte, kümmerte sie sich um sie und versorgte sie gut. Doch bald konnte die alte Oma nicht mehr aufstehen. Sie lag nur noch im Bett mitten in der Wohnstube, von einem Vorhang von der Familie getrennt. Dort faulte sie vor sich hin und war noch vor ihrem Tod lebendig von Maden zerfressen worden.

Meine Mutter sollte im Haushalt helfen, doch sie verstand nichts von Hausarbeit und konnte weder putzen noch waschen und schon gar nicht kochen - nicht einmal Mehlsuppe für die Kinder. Das musste ihr alles Vaters Mutter beibringen.

Außerdem lernte sie, Rücksicht zu nehmen. Als Einzelkind war sie gewöhnt, dass sich alles um sie drehte und ihr jeder Wunsch erfüllt wurde. In der großen Familie ihres Mannes musste sie zurückstecken, sich anpassen und einfügen.

Auch wenn dies eine harte Lehre für Brigitte war, so erinnert sie sich heute noch gern an diese Zeit.

Die ersten drei Lebensjahre verbrachte ich tagsüber glücklich bei der Oma und ihren sieben Kindern, die noch daheim lebten. Das ist wohl der Grund, weshalb ich mich auch später in ihrer Nähe immer so geborgen fühlte.

In dieser Zeit wurden meine Schwester Jutta und mein Bruder Detlef geboren, die nie solch eine enge Bindung zu meiner geliebten Oma entwickelten.

Mutter und ihre drei Kinder

Meine erste bewusste Erinnerung an Mutter war, dass sie mich kurz nach meinem dritten Geburtstag im Kindergarten abgab und ohne mich zurück nach Hause zu meinen jüngeren Geschwistern ging. Ich war fassungslos, als sie mich bei einer fremden Frau und vielen lauten Kindern zurückließ.

Die Beschäftigungen in der Gruppe empfand ich als grausam – dieses Alle-an-den-Händen-fassen-und-zusammen-Singen, dieses streng-fröhliche Getue war mir höchst zuwider. So protestierte ich jeden Morgen schreiend und strampelnd auf dem Weg in den Kindergarten. Doch es half nichts, ich wurde wie ein Paket abgegeben und musste dort bleiben.

Am schlimmsten empfand ich das Mittagessen. Alle Kinder mussten *alles* aufessen, was auf dem Teller lag – auch das Fleisch. Ich ekelte mich vor Fleisch. Was ich auch versuchte, es ließ sich nicht kauen und schon gar nicht hinunterschlucken, es wurde im Mund immer mehr. Dann kam die Erzieherin und half nach, indem sie das Fleisch weit hinter in den Hals schob, mein Kinn nach oben drückte und die Wangen zusammenkniff.

Genauso verfuhr Mutter mit mir. Und wenn es mich würgte, drohte sie: „Wenn du auf den Teller kotzt, isst du das hinterher auf!"

Ich weiß nicht, ob sie das wirklich getan hätte, es ist mir jedenfalls nie passiert. Ich schaffte es immer bis zur Toilette und fand anschließend einen frisch gefüllten Teller vor und die Tortour begann für mich von vorn.

Meine Schwester hatte keine Probleme, als sie mit drei Jahren in den Kindergarten kam. Sie war zwar ein sehr stilles Mädchen, aber sie fühlte sich wohl zwischen all den anderen Kindern und machte mit Freude und Eifer alles, was die Erzieherin verlangte.

Jutta hatte glatte, blonde Haare, Detlef fuchsrote und beide eine weiße Strähne direkt über der Stirn – genau wie unsere Mutter, die meinen Geschwistern eine Pigmentstörung vererbt hatte, bei der große Flächen der Haut schlohweiß blieben. Unserer Mutter gefiel das nicht und sie kümmerte sich kaum um meine Geschwister, sondern bevorzugt um mich.

Meine Geschwister spürten Mutters Ablehnung und hielten sich lieber bei Freunden auf. Jutta betreute obendrein gern die Babys von Verwandten, was mich überhaupt nicht interessierte. Meine Welt waren schon immer die Bücher.

Jutta beklagte sich sehr oft darüber, dass Mutter mich ihr vorzog. Dem konnte ich zwar nicht widersprechen, doch war es nicht meine Schuld.

Dafür gab es meiner Meinung nach mehrere Gründe. Der erste lag wohl darin, dass sich unsere Mutter mehr um mich kümmern musste, denn ich aß schlecht, war extrem klein und körperlich unterentwickelt. Hinzu kam meine angebliche Lungenerkrankung, weshalb ich ein ganzes Jahr in einer Heilstätte verbrachte.

Als zweiten Grund sah ich meine ständige Verfügbarkeit. Ich hielt mich meist daheim auf und las, während meine Geschwister bei ihren Freunden spielten. Oft sehnte ich mich so sehr nach meinen Eltern, dass ich sie recht häufig auf ihren Arbeitsstellen besuchte, Vater in der Bleigießerei und Mutter im Kindergarten und später in der Schule.

Und der dritte nicht unerhebliche Grund war, dass ich Mutter einfach optisch besser gefiel mit meinen dunklen Haaren und so ganz ohne Pigmentstörung. Das ist zwar nicht in Ordnung, und doch war es so.

Meine Schwester war ein Jahr jünger als ich und trotzdem ab ungefähr dem achten Lebensjahr einen ganzen Kopf größer als ich und erheblich kräftiger.

Unsere Mutter glich das aus, indem sie mich *meine Große* nannte und mir mehr Verantwortung und Arbeit im Haushalt übertrug. Man erwartete von mir als der Älteren mehr Verständnis und Bereitschaft zur Hilfe. Meine Schwester kam offenbar nie in das Alter, in dem sie Verantwortung übernehmen musste. Das machte mich zu einem sehr ernsten Kind, das kritisch alles hinterfragte.

Schon allein wegen meiner vielen Widerworte bekam ich mehr Schläge als meine Geschwister. Außerdem war ich immer präsent, saß ständig in einer Ecke und las. So konnte ich für meine offensichtliche Faulheit geschimpft und bestraft werden, während meine Geschwister erst zum Abendessen nach Hause kamen. Ich stand sozusagen immer zur Verfügung, wenn Mutter ihren Frust ablassen wollte.

Jutta ertrug die Launen unserer Mutter überhaupt nicht und ging ihr so gut wie möglich aus dem Weg. Zwischen den Beiden herrschte Gleichgültigkeit oder direkte Kälte.

Mutter erzählte lebhaft von fremden Kindern und ihrer Arbeit, doch sie fragte niemals, wie es uns in der Schule erging, mit wem wir gespielt, worüber wir uns gefreut oder geärgert hatten. Brachte ich einen meiner zahlreichen Tadel nach Hause, bekam ich Schläge, weil ich mich nicht zu benehmen und zu beherrschen wusste. Und wenn ich mein Verhalten erklären wollte, gab es statt Verständnis zusätzliche Strafen.

Mutter schleppte mich überallhin mit, nicht nur zum Einkauf und in Cafés, sondern auch zu ihren Weiterbildungen. Ich entsprach einfach ihren Vorstellungen mit meinen braunen Locken und ganz ohne weiße Flecken im Gesicht und am Körper. Außerdem konnte ich gut Gedichte aufsagen, wozu sie mich gern und oft ihren vielen Kollegen präsentierte. Selbst, als ich zur Schule ging, befreite sie mich manches Mal vom Unterricht, damit ich sie begleiten konnte. Hatte sie aber den Bus für die Rückfahrt versäumt und kein Taxi erwischt, schimpfte sie mich eine lästige Störung, die sie recht bald in einem Kinderheim abgeben würde.

Diese Drohung *Kinderheim* beschäftigte mich ständig. Wenn ich nicht gerade in meinen Büchern las, spielte ich ausnahmslos Kinderheim. Ich gab meinen Murmeln und Bausteinen Namen und wählte freundliche und grobe Erzieherinnen, die sich um meine Fantasie-Kinder kümmerten. Zum Schluss gelang es meiner Lieblings-Figur stets, aus dem Heim zu fliehen und von einer freundlichen Mutter aufgenommen zu werden.

Meine Lieblingsmurmel war blau und ich trug sie immer bei mir. Sie schimmerte je nach Lichteinfall hell- oder dunkelblau, manchmal sogar grün.

Familienleben

Als wir klein waren, mussten die Eltern noch Samstags bis zum Mittag arbeiten. Mutter hatte für ein kleines Mittagessen Suppe vorbereitet, die sie nur noch schnell aufwärmen musste. Dazu gab es ein Butterbrötchen, danach war Mittagsruhe. Für alle!

Am Nachmittag wurde Kuchen gebacken, der Sonntagsbraten ins Rohr geschoben und der Kessel im Waschhaus geheizt. Nachdem wir

Kinder gebadet waren, kam die Kochwäsche in den Kessel, die am Sonntag gespült und aufgehangen wurde. Die Restwärme reichte für das Bunte.

Sonntags spülte Vater die großen Teile in der Wanne und trug sie hinaus auf die Wiese, wo sie meine Mutter tropfnass auf die Leine hing. Dann ging er mit uns Kindern spazieren, während sich die Mutter um die restliche Wäsche und das Mittagessen kümmerte.

1966 musste nur noch jeden zweiten Samstag gearbeitet werden und ein Jahr später wurde die Samstag-Arbeit komplett abgeschafft. Doch wir Kinder hatten weiterhin Sonnabends Unterricht.

Die Sonntage genoss ich ganz besonders, denn unsere Eltern unternahmen sehr viele Wanderungen mit uns. Unterwegs sangen wir laut fröhliche Volkslieder, die jeweils zur Jahreszeit passten, und Kanon. Mutter dachte sich lustige Folgestrophen über jeden von uns aus, die wir unter viel Gelächter nachsangen. Vater schnitzte Wanderstöcke mit unseren Namen. Zu Mittag aßen wir immer in einem Gasthof.

Als wir später nicht mehr zusammen wanderten, kochte Mutter Sonntags eine Fleischsuppe, einen Braten mit Gemüse aus dem Garten und Kartoffeln und servierte zum Abschluss einen leckeren Nachtisch, meist Pudding oder süßen Quark. Zum Vesper gab es selbstgebackene Kuchen.

In meiner Freizeit las ich, dabei vergaß ich die Welt um mich herum und damit die Aufgaben, die ich täglich zu erfüllen hatte. So stand das schmutzige Geschirr oft noch in der ganzen Küche verteilt, wenn Vater zur Vesperzeit nach Hause kam. Meist kochte ich schnell für ihn Kaffee, um ihn milde zu stimmen, damit er mich wegen meiner Liederlichkeit nicht allzu sehr schalt.

Danach lief ich hinaus aufs Feld, um Bärenklau für unsere Stallhasen zu sammeln. Auch dabei vertrödelte ich viel Zeit, weil es unterwegs so viel zu entdecken gab wie kleine Käfer, seltsame Blüten oder bunte Steine. Steine faszinierten mich sehr. Meist fand ich Quarze, in die beige, rosa, lila oder graubraune Kristalle wie Fäden eingewebt waren. Ich mochte besonders einen Amethyst, der wunderschön rot glänzte, den ich wie einen Schatz hütete und vor den Augen meiner Geschwister versteckte.

Meine Schwester war bezüglich ihrer häuslichen Aufgaben geschickter. Sie erledigte schnell ihre Schulaufgaben, warf die herumliegenden Kleider unserer Eltern auf deren Bett, wischte fix mit dem Staublappen über die Stubenvitrine, kehrte die Krümel vom Boden auf und lief eilig zu ihrer Freundin. Deshalb wurde sie vom Vater und der gesamten Verwandtschaft als sehr fleißig und zuverlässig gelobt und geachtet.

Ich ärgerte mich darüber, dass mein Bruder gar nichts im Haushalt tun musste. Er durfte im Gegensatz zu uns Mädchen sogar am Sonntag lange im Bett bleiben und musste nicht pünktlich acht Uhr am Frühstückstisch sitzen. Auch Mutter hätte gern länger geschlafen. Doch diesbezüglich war Vater unerbittlich. Er legte ihr notfalls einen eiskalten, nassen Waschlappen ins Gesicht, damit sie sich nicht mehr länger liederlich „im Bett herum wälzte".

Liederlich war das am häufigsten benutzte Schimpfwort meines Vaters.
Mutter konnte gut kochen und backen, doch das Aufräumen und Putzen lag ihr überhaupt nicht. Ich fand es nicht weiter schlimm, dass sie den Schmutz nicht sah. Vater machte das sehr wütend. Manchmal räumte er im Zorn sämtliche Vorratsschränke leer, stellte all die ange-brochenen Flaschen und Speisereste auf den Esstisch und schrie, dass die Liederlichkeit ein

Ende haben muss. Mutter lief dann weinend durch die Wohnung und sah sich außerstande, Ordnung zu schaffen.

Vater hat ihr wohl nie verziehen, dass sie seine Karrierepläne zerstörte. Seine Welt war die Musik, die seine gesamte Freizeit ausfüllte. Er musizierte und spielte leidenschaftlich gern Posaune im Kombinats-Orchester, einer eigenen Tanzkapelle, einer weiteren Bläser-gruppe und manchmal im Freiberger Stadt-theater, wenn ein Posaunist oder Trompeter gebraucht wurde. Offenbar war er hochbegabt und konnte die schwierigsten Partituren vom Blatt abspielen. Das brachte ihm zwei wunder-bare Angebote ein: Posaunist auf einem Elbdampfer oder in der Philharmonie in Leipzig. Unterhaltungsmusik auf einem Schiff kam für ihn als Familienvater von drei kleinen Kinder nicht in Frage. Doch das Angebot, in Leipzig in einem richtig guten Orchester zu spielen, interessierte ihn sehr.
Mutter war sofort Feuer und Flamme von einem Leben in der Großstadt und sah sich bereits in schönen Kleidern in Cafés und am Abend im Theater sitzen. Doch Vater verlangte von ihr das Versprechen, sich niemals zu beklagen, wenn er zu Abendveranstaltungen spielte oder gar auf Konzertreise ging. Dazu war sie

allerdings nicht bereit. Deshalb konnte Vater seinen großen Traum, als Berufsmusiker zu leben, nie ausführen und hat das wohl nie verwunden.

Mutter besaß einige Bücher, Vater las nur in diversen Lexika. Er blätterte gern in seinem Opernbuch, in Bildbänden über fremde Länder und Atlanten. Ihm fiel es leicht, Noten für seine Musikgruppen zu schreiben, aber er fühlte sich bei Texten überfordert.
Mutter dagegen schrieb sehr gern Briefe, Artikel für die Zeitung, kleine Theaterstücke. Weil sie gut schreiben konnte, hielt sich Mutter für gebildet und schimpfte Vater einen unge-hobelten Bauern. Dabei wusste ich, dass sie keine Noten lesen konnte und von Bäumen, Blumen, Tieren und Mathematik gar nichts verstand.

Mutter meiner Mutter

Diese Oma lebte in Riesa, wo auch Mutter aufgewachsen war.
Mit etwa vier oder fünf Jahren fuhr ich ganz allein mit dem Zug zur Oma. Ich trug einen Zettel um den Hals, auf dem mein Reiseziel stand, so dass mir Passanten oder der

Schaffner notfalls beim Umsteigen helfen konnten. Doch bald brauchte ich weder einen Zettel noch Hilfe beim Umsteigen. Sogar den weiten Weg vom Riesaer Bahnhof bis zum Haus der Großeltern bewältigte ich allein.

Bei dieser Oma musste ich mich den ganzen Tag allein beschäftigen, weil sie in einem Kinderkrankenhaus arbeitete. Auch der Opa ging arbeiten.

Doch ich langweilte mich nie. Anfangs spielte ich mit Porzellanfiguren, die Oma in ihrem Buffet aufbewahrte, später las ich Bücher oder ging an der Elbe und im Tierpark spazieren.

Eines Tages stürzte ich beim Spielen vom Klettergerüst. Ich lag auf dem Boden und versuchte, mir vor meinen Freunden meine Schmerzen nicht anmerken zu lassen. Plötzlich sah ich meinen Arm. Er war völlig verbeult, der Unterarm bildete einen Bogen wie ein krummer Ast. Dieser kaputte Arm versetzte mich derart in Panik, dass ich laut schrie.

„Hör auf zu plärren, im Krankenhaus wirst du noch genug schreien!", befahl die Oma.

Da schrie ich vor lauter Angst wirklich nicht mehr. Mein Arm war gebrochen und musste gerichtet werden. Davon merkte ich zum Glück nichts, denn es geschah unter Narkose.

Mir war das sehr laute Wesen meiner Oma furchtbar peinlich, trotzdem mochte ich sie und ihre herzliche, offene Art sehr. Wenn sie mich umarmte, drückte sie mich derart heftig an sich, dass ich kaum noch Luft bekam.

Meine Geschwister wollten oder durften Oma nicht besuchen.

Zu Weihnachten reiste Oma in jedem Jahr mit einem riesigen Koffer an. Wir Kinder bekamen Schokolade, unser Vater eine Zigarre und Mutter Bettwäschegarnituren, ganze Speiseservices für zwölf Personen, eine Uhr und viele wertvolle Sachen mehr, die allesamt zur damaligen Zeit schwer zu bekommen und sehr teuer waren.

Oma liebte ihre Tochter leidenschaftlich und hätte wohl alles für sie getan.

Mutter erbte von ihrer Mutter die dunklen Haare und den ruppigen Umgangston, ihre Herzlichkeit erbte sie leider nicht.

Riesa

Heute hat Mutter außer einem Cousin keinen einzigen Verwandten mehr in Riesa. Diesen Cousin besuchten wir vor zwei Jahren gemeinsam, bevor sie immer zerstreuter wurde. Ich fuhr sie mit meinem Auto zu all den Plätzen, an die sie sich erinnerte, und wo sie früher einmal wohnte. Eine besondere Freude für Mutter war die Begegnung mit ihrer Schulfreundin, die sie schon viele Jahre nicht mehr gesehen hatte. An diesen Ausflug erinnert sie sich heute noch gern.

„Ich will nach Riesa! Du organisierst das!", bestimmt Mutter.

„Willst du deinen Cousin besuchen?"

„Das auch." Dann schnauft sie verächtlich. „Ich will hier weg. Ich will nach Riesa!"

Wie meint sie das? Nach einem Ausflug und Besuch bei ihrer Freundin klang das nicht. Doch solch eine Reise würde den ganzen Tag in Anspruch nehmen und wäre viel zu anstrengend für sie.

„Was genau willst du in Riesa?", hake ich nach.

„Das geht dich nichts an!"

Darauf sage ich erst einmal nichts und atme nur aus. Ich zähle langsam bis fünf, dann bestimme ich so ruhig wie möglich: „Wenn du mich nur als Chauffeur brauchst, kannst du genauso gut ein Taxi rufen."

Vermutlich ist meine Antwort zu grob, denn Mutter dreht sich beleidigt weg. Ich habe allerdings keine Lust, um Entschuldigung zu bitten. Auch eine Nachfrage bringt nichts. Also überlege ich, ob ich ein anderes Thema beginne oder einfach nach Hause gehe.

Da schaut sie mich an, kneift ihre Augen zusammen und zischt: „Ich will hier raus!"

Dazu sage ich lieber nichts.

„In Riesa gibt es auch Pflegeheime. Ich will da hin, wo meine Freundin wohnt."

Mir fällt ein, dass seit einigen Wochen Mutters Schulfreundin mit ihrem Mann in einem Riesaer Altenheim lebt. Nun kann ich nicht mehr ausweichen, muss ihren Wunsch ernst nehmen und mit ihr darüber reden.

„Ich werde dich im Heim deiner Freundin anmelden, wenn du es unbedingt möchtest", verspreche ich.

Mutter schaut mich misstrauisch an. Sicher hat sie mit meiner Gegenwehr gerechnet.

„Doch in Riesa kann ich dich nicht mehr täglich besuchen, maximal einmal im Monat. Darüber musst du dir im klaren sein."

Vermutlich ist Mutter gar nicht bewusst, dass ich sie hier in Chemnitz täglich besuche, was mir damals, als sie noch in Freiberg wohnte, nicht möglich war. Ihre Verwandten und alten Freunde hätten sie kaum in Freiberg besucht, können höchst selten nach Chemnitz kommen und Riesa wäre für alle komplett unmöglich.

„Gehe jetzt!", faucht sie und schaut auf den

Boden.

Ich sehe Mutter die Enttäuschung an. Doch es bringt nichts, ihr etwas vorzumachen.

Begegnungen

Im Pflegeheim begegne ich einem alten Mann auf dem Gang, der sich freut, mich zu sehen. Er breitet wie immer seine Arme aus und fragt mit jammernd theatralischer Stimme: „Wie geht's jetzt weiter?"

Ich sage ihm, dass es bald etwas zu essen gibt und er beruhigt sich. Doch nur für einen Moment. Dann irrt er suchend durch die Wohnbereiche, geht in die Beschäftigungsräume und wieder hinaus, immer hin und her, ohne Pause.

Eine Frau will wissen, wo sie nun schlafen soll. Ich sage ihr, dass alles geregelt ist und sie ein schönes Zimmer mit einem großen Bett hat. Das freut sie. Dann hakt sie nach, ob sie nicht doch nach Hause könne, ihre Eltern würden schon auf sie warten und sich wundern, wo sie bleibt.

„Das geht leider nicht", erkläre ich etwas unsicher.

„Ach, fährt jetzt nischt mehr?"

„Nein, jetzt fährt kein Bus mehr", antworte ich.
Das scheint ihr logisch und sie ist bereit, in diesem Haus über Nacht zu bleiben.

Als ich mit Mutter an einer etwa neunzig-jährigen Bewohnerin vorbei gehe, stellt sie sich in ihrem Rollstuhl energisch in den Weg und befiehlt: „Sie werden keine Patienten mitnehmen! Das dulde ich nicht und melde es sofort der Verwaltung."
Zuerst weiche ich erschrocken zurück. Dann antworte ich: „Ich habe die Erlaubnis, Frau Müller nach draußen zu fahren."
„Gut. Sollte es Probleme geben, sagen Sie meinem Kleinen Bescheid. Nicht dem ganz Kleinen, der liegt noch im Kinderwagen, der etwas Größere hat einen Schraubenschlüssel und tut, was er kann."
Ich bedanke mich für den Tipp und gehe weiter.
Als ich zurück komme, wartet die Dame bereits auf mich und fragt, ob ich noch genug Kraft hätte, ihre Mutter nach vorn zu tragen. „So, wie wir es gestern bereits gemacht haben."
Dieses Mal bin ich schlagfertiger und antworte, dass ich erschöpft und dazu nicht mehr in der Lage sei. Damit gibt sie sich zufrieden.
Doch als ich für Mutter eine Banane aus dem Obstkorb nehme, schimpft die Frau: „Legen Sie die Banane sofort wieder hin! Die ist nicht für

die Vielfraß-Oma, sondern für die Kinder."
Meint sie mit Vielfraß-Oma Mutter?

„Kommen Sie!", ruft eine alte Dame. „Sie brauchen nur das Ding hier zur Seite machen, ich schaffe das nicht."
Mit dem Ding meint sie eine Klappe an ihrem Rollstuhl, auf der sie wie auf einem Tisch etwas ablegen kann. Da mir nicht einleuchtet, was sie damit bezweckt, frage ich nach.
„Fragen Sie nicht so dumm! Ich komme hier nicht raus. Meine Beine sind geknickt, ich schaff das nicht allein."
Ich weiß, dass die Frau immer im Rollstuhl sitzt und gar nicht mehr laufen kann. Noch ehe mir eine Antwort einfällt, schimpft sie energisch: „Sie trödeln mir zu lange! Ihr erster Tag ist somit Ihr letzter. Sie sind entlassen! Ich will Sie nicht mehr sehen. Und nun gehen Sie endlich!"

Am nächsten Tag ruft sie mich freudig heran. „Das haben Sie ganz wunderbar gemacht. Ich bin sehr zufrieden mit Ihnen. Vielleicht vertraue ich Ihnen morgen sogar meine Kinder an. Sie müssen wissen, es sind elf." Sie lacht. „Ich bin gespannt, wie Sie damit zurecht kommen."

Einige Tage später zwinkert sie mir verschwörerisch zu. „Na, interessiert?"

168

„Woran?", frage ich etwas irritiert.

„An einem Job. Sie gefallen mir, ich würde Sie gern einstellen."

„Nein, an einem Job bin ich nicht interessiert."

„Das gefällt mir an Ihnen", jubelt die Dame. „Sie sind ehrlich und direkt. Ein klares Nein ist gut." Doch der Dame fällt noch etwas ein. „Wie wäre es mit Aushilfe?"

„Aushilfe ist gut", sage ich. „Wenn Sie Hilfe brauchen, sprechen Sie mich einfach an."

„So machen wir´s", freut sich die Frau.

„Please! A little help! I need your help!", ruft eine andere Frau ganz verzweifelt.

Sie hat bisher nur deutsch mit mir gesprochen.

„Was brauchen Sie denn?", frage ich.

„Money! Nobody has some money to me."

„Geld kann ich Ihnen nicht geben."

„Niemand hat Geld. Ich brauche nicht viel, mir würden zwei Sahnebonbon reichen."

„Was hast du in der Hand?", fragt mich eine Bewohnerin, als ich an ihrem Platz vorüber gehen will.

„Ein Buch", antworte ich und zeige es ihr.

„Das ist gut. Setz dich zu mir und lese vor!"

Ich setze mich auf den Stuhl, der neben der Frau steht. „In diesem Buch geht es um einen Hund."

„Hund? Hunde kann ich nicht leiden. Hast du keine anderen Bücher?"

„Doch, ich habe noch viele andere Bücher. Was für Geschichten mögen Sie denn gern?"

„Über Kinder. Hast du was über Kinder?"

Ich nicke. „Ja, Geschichten über Kinder habe ich auch."

„Dann bringst du die morgen mit!"

Beim nächsten Mal begegnet mir eine Frau, die sich tief über ihren Rollator beugt. Mühsam schaut sie nach oben und fragt: „Kommst du wieder nicht zu mir?"

„Nein, ich besuche meine Mutti."

„Du kannst mich auch mal besuchen."

„Gern, doch jetzt muss ich erst zur Mutter, die wartet bereits."

Zufrieden lässt sie mich vorbei.

Kurz vor Mutters Wohnbereich sitzt ein Mann in seinem Rollstuhl mitten im Gang und schaut mich recht unglücklich an.

„Was ist denn passiert, Herr Klingler? Sie sehen so traurig aus."

Der Mann winkt ab. „Ach, ich habe kein Zimmer mehr. Dabei war es dieses Mal so ein besonders schönes Zimmer."

Ich weiß, dass das nicht stimmen kann, denn der Herr lebt schon länger als Mutter hier im

Haus und immer im gleichen Zimmer.

„Wo soll ich denn jetzt hin?", klagt er.

„Am besten, Sie bleiben hier. Hier ist es auch schön."

„Schon, doch überall ist besetzt. Heute Morgen wurde ich eingeliefert und musste schon drei Mal umziehen."

Mir tut es leid, wenn die alten Leute so verwirrt sind und sich nicht mehr in ihrem Leben zurecht finden.

Ich begrüße Mutter, die am Kaffeetisch sitzt. Ihre Nachbarin zeigt auf die Krankenschwester und schreit: „Diese unverschämte Person gehört entlassen! Ich melde das meinem Vater, dem gehört das Haus."

Ehe mir etwas einfällt, was die erregte Dame beruhigen könnte, spricht sie weiter: „Meine Eltern sind nicht da. Sie kaufen ein. Wir haben ja nichts mehr im Haus."

„Ich verstehe."

Wieder zeigt sie auf die Schwester. „Die hat den Kuchen gestohlen und redet nur Unsinn." Dann lächelt sie mich an. „Sie dagegen sind nett. Ich werde gleich aufstehen und Ihnen einen Kaffee kochen."

Dafür bedanke ich mich, schiebe sie in ihrem Rollstuhl an ihren Platz und kümmere mich um Mutter.

Meist denke ich nicht weiter über die Bemerkungen der Heimbewohner nach, sondern gehe mit meiner Antwort einfach darauf ein. Es ist meist besser, sie in ihrer Welt zu belassen.

Doch ich mag sie alle, diese alten Leute und ihre oft recht wirren Ansichten. Eine Tätigkeit als Altersbegleiter oder Gesellschafter wäre genau nach meinem Geschmack. Allerdings wäre ich nicht in der Lage, medizinisch zu helfen. Es fällt mir schon schwer, Mutter beim Gang zur Toilette beizustehen. Derart zupacken zu können, bewundere ich am Pflegepersonal sehr.

Veranstaltungen

Außer an den Wochenenden findet an jedem Vormittag und Nachmittag eine Veranstaltung im Haus statt. Das bedeutet, dass die Bewohner nicht irgendwo herumsitzen und vor sich hindämmern, sondern sehr abwechslungsreich fachgerecht betreut werden. Im Haus hängen die Pläne aus, weshalb ich Mutter auf die jeweilige Veranstaltung vorbereiten kann. Am liebsten mag sie singen. Überhaupt gefällt ihr Musik am besten. Bei Bingo, Rätseln oder Kegeln kann sie nicht mehr so schnell reagieren, wie es nötig wäre. Das frustriert sie. Trotzdem lässt sie keine Veranstaltung aus, weil alles besser ist, als allein im Zimmer zu sitzen.

Im Januar 2017 übernimmt eine junge Therapeutin die Leitung und das Programm. Sie ist groß und kräftig und macht auf mich keinen sympathischen Eindruck. Ihre Unterarme sind bunt tätowiert, was mir gar nicht gefällt. Im Grunde darf jeder seine Haare und Haut so tragen und zeigen, wie es ihm beliebt. Doch es gibt Berufe, wo Tätowierungen völlig unangebracht sind: Kindergärtner, Lehrer, Lebensmittelverkäufer und vor allem im gesamten Pflegebereich. Bis jetzt sah ich hier im Haus keinen einzigen Pfleger, der tätowiert oder gepierct ist und muss nun leider feststellen, dass es wohl keine Vorschrift, sondern reiner Zufall ist.

Diese neue Leiterin hat das komplette Nachmittagsprogramm gestrichen. Ich suche sie auf und frage nach dem Grund.

„Wir kümmern uns jetzt verstärkt um die einzelnen Bewohner, die nicht mehr aus dem Bett kommen", erhalte ich als Antwort.

Das klingt gut, doch die Veranstaltungen dauern immer nur eine Stunde, hinzu kommt das zeitaufwändige Verbringen der alten Leute in den Veranstaltungsraum und zurück. Auch Vorbereitungen sind nötig. Trotzdem füllt all das keinen vollen Arbeitstag aus. Deshalb nahm ich an, dass die Zeiten zwischen den Veranstaltungen den Bettlägerigen gehört.

Die meisten Bewohner fühlen sich in Gesellschaft wohl. Allerdings brauchen sie Anleitung, denn allein sind nur wenige in der Lage, sich zu unterhalten oder gar zu beschäftigen.

Nun sehe ich Mutter und die anderen alten Leute mit hängendem Kopf an ihren Plätzen sitzen und still vor sich hin dämmern. Das gefällt mir ganz und gar nicht.

Deshalb schreibe ich einen Brief an die Heimleitung:

Seit einigen Wochen findet am Nachmittag keine Veranstaltung mehr statt, so dass die Bewohner sich selbst überlassen sind. Mir wurde erklärt, dass die neue Betreuung individueller und somit besser sei. Meiner Beobachtung nach dämmern die Bewohner still vor sich hin. Ihnen fehlt nun jegliche Struktur für die vielen Stunden am Nachmittag, was besonders für Demenzkranke direkt fatale Auswirkungen hat.

Die zuständige Leiterin erklärte mir, dass es einzig um eine bessere Betreuung ginge, vor allem für bettlägerige Bewohner, was mir allerdings nicht logisch erscheint.

Mir wäre es lieb bzw. sogar wichtig, dass die Nachmittagsbetreuung wieder so stattfindet wie bis einschließlich Dezember.

Hiermit bitte ich Sie, meine Eingabe zu prüfen und schnellstmöglich Abhilfe zu schaffen.

Zwei Wochen später bittet mich die besagte junge Therapeutin in ihr Büro. Sie erklärt mir, dass laut Bestimmungen der Krankenkassen den Heimbewohnern maximal drei Betreuungen pro Woche zustünden, während meine Mutter das Angebot über Gebühr nutze, indem sie sich in jede Veranstaltung drängt.

„Meine Mutter kann sich nirgendwo hineindrängen, weil sie gar nicht allein in den Veranstaltungsraum findet."

„Aber sie verlangt, überall dabei zu sein."

„Das ist wohl ihr gutes Recht, Ihre Angebote, so es welche gibt, zu nutzen."

Innerlich denke ich, dass Mutter zum Glück diese garstigen Bemerkungen der Leiterin nicht hört, denn sie liebt sie ganz besonders. Vor allem auf die Sportübungen legt sie großen Wert. Bei anderen Mitarbeitern hat sie an den gleichen Übungen überhaupt keine Freude.

Die junge Leiterin bemerkt giftig: „Ich sagte Ihnen bereits, dass jedem Bewohner nur drei

Veranstaltungen pro Woche zustehen. Haben Sie mir nicht zugehört?"

Ich zähle langsam bis fünf, damit mir keine passende Antwort auf die recht freche Zurechtweisung dieser jungen Person aus dem Mund schlüpft. Schließlich will ich erreichen, dass die Nachmittagsbetreuung wieder eingeführt wird. Da bringt ein Streitgespräch gar nichts.

„Wir müssen uns an die gesetzlichen Vorgaben halten. Außerdem sind wir ausgebildetes Fachpersonal und wissen im Gegensatz zu Ihnen, was gut für unsere Bewohner ist."

Nun werde ich wütend. „Wie ertragen Sie als Fachkraft den Anblick der dahindämmernden alten Leute in den Wohnbereichen? Ich bin keine Fachkraft, doch ich sehe deutlich, wie sehr den Bewohnern die gewohnte Betreuung fehlt."

„Ich habe jetzt keine Zeit mehr, mich mit Ihnen zu unterhalten, weil ich mich um eine bettlägerige Bewohnerin kümmern muss."

Die seltsame, ausgebildete Fachkraft verlässt grußlos das Büro und lässt mich einfach stehen. Ich kann nur hoffen, dass sie sich den alten Leuten gegenüber nicht ebenso ruppig verhält.

Mir bleibt nichts anderes übrig, als einen zweiten Brief an die Heimleitung zu schreiben:

Als ich dieses Heim für meine Mutter auswählte, gefiel mir vor allem das Beschäftigungsangebot von täglich zwei Veranstaltungen für die Bewohner. Seit Januar ist die Nachmittagsbetreuung gestrichen.

Auf meine schriftliche Anfrage vom 25.01.17 teilte mir am 10.02.17 die zuständige Leiterin der Ergotherapie mit, dass keine derartigen Veranstaltungen an Nachmittagen mehr stattfinden.

*Als Begründung nannte mir Ihre Mitarbeiterin, dass einige Bewohner (darunter auch meine Mutter Brigitte Müller) vom Beschäftigungsangebot vormittags **UND** nachmittags Gebrauch machen, also pro Woche bis zu elf derartige Betreuungen genießen, obwohl ihnen laut Krankenkasse nur drei zustünden. In anderen Heimen gäbe es ohnehin nicht solch ein umfangreiches Angebot.*

Meiner Recherche nach betragen die Gebühren in anderen Heimen nur etwa zwei Drittel. Somit wurde seit Januar zwar der Zuzahlungsbeitrag deutlich erhöht, doch gleichzeitig im Gegenzug Leistungen gekürzt.

Seit Januar beobachte ich, wie meine Mutter ebenso wie andere Bewohner an ihren Tischen unbetreut dahindämmern. Das müsste nicht sein, wenn die Bewohner wie bis einschließlich Dezember 2016 in ein gemeinsames Nach-

mittagsprogramm eingebunden würden.

Einen Monat später entdecke ich hocherfreut, dass wieder Veranstaltungen am Nachmittag stattfinden.

Erinnerungen

„Wir erinnern uns an die schöne Zeit in der DDR" lautet die Überschrift für die heutige Gesprächsrunde.

„Wie meinen Sie das?", frage ich etwas verwirrt eine Begleiterin.

„Nun, es ist wichtig, dass sich die Leute an Schönes erinnern", erklärt sie.

„Das verstehe ich. Doch ich verstehe nicht, was das mit der DDR zu tun hat. Sie erinnern sich an Schönes aus ihrer Kindheit, ihrer Jugend, an eine geliebte Person, Landschaft oder Tradition."

„Und das fand alles in der DDR statt."

„Das kann so nicht stimmen, denn die meisten Bewohner sind wenigstens achtzig Jahre alt und wurden noch vor dem Krieg geboren."

„Umso besser, wenn sie gar nicht erst soweit zurück denken, sondern an die ruhige Zeit in der DDR."

Ruhige Zeit? Es war eine Zeit der Manipulation, des Verrats, Verhaftungen Andersdenkender, Zwangsadoptionen - vergleichbar mit dem dritten Reich, nur subtiler, ausgeklügelter.

Denn man musste aufpassen, nicht das falsche Lied zu singen oder das falsche Abzeichen zu tragen, sich jedes Wort genau überlegen und durfte auf gar keinen Fall jener Menschen gedenken, die für die falsche Seite gestorben sind. Deshalb wurde nicht um Vaters älteren Bruder getrauert, der im zweiten Weltkrieg fiel – dabei war er damals noch nicht einmal erwachsen. Auch über die Vertreibung aus Pommern wurde niemals offen gesprochen – schon gar nicht in der Schule, als hätte es dieses unfassbare Leid nie gegeben.

Ich erinnere mich an die großen Aufmärsche zum 1. Mai und Tag der Republik mit viel Militär, Panzern, Abschussraketen, Soldaten, Kampfgruppen und Kindern in einheitlichen Uniformen der Pioniere und FDJ. Einheitliche Uniformen gab es auch, als Mutter mit dem Bund deutscher Mädchen marschierte, allerdings mit keinesfalls so viel Militär wie zu DDR-Zeiten.

Die militärische Erziehung wurde von Jahr zu Jahr immer konkreter in Schule und Freizeit integriert. Schon im Kindergarten spielten die kleinen Jungs mit Panzern. Sie lernten Lieder wie „Mein Bruder ist Soldat" und später „Wir sind Pioniere, der Stolz der Armee" mit dem oft eindeutigen Aufruf, als Erwachsener mit der Waffe in der Hand im Sinne der Arbeitermacht für den „Frieden zu kämpfen". Sie plapperten Parolen, die den Kampf gegen den Klassenfeind verherrlichten, wo das Töten in Ordnung war. Sie lernten sehr früh, mit der Waffe umzugehen, wofür es spezielle Übungsnachmittage gab und eigens dafür eingerichtete Zeltlager.

Für viele mag das ein Spaß gewesen sein, mich und Klaus hat das immer zutiefst erschüttert und entsetzt.

Zu allem Übel war Mutter in der DDR viele Jahre Pionierleiter. Das ist ein rein politischer Beruf, dessen Hauptaufgabe darin bestand, Kinder zu sozialistischen „Persönlichkeiten" zu erziehen. Pionierleiter organisierten die politische Freizeit der Pioniere und FDJ-ler und waren nicht der Schulleitung, sondern der FDJ-Kreisleitung unterstellt.

Mutter hatte diese Aufgabe sehr ernst genommen und viel Freude dabei empfunden. Auch meine Schwester erlernte später diesen Beruf. Beide erhielten mit dieser Ausbildung die Befähigung, in der Grundstufe (1. bis 4. Klasse) zu unterrichten.

Als Pionierleiter hatte Mutter kaum noch Zeit für ihre eigenen Kinder. Zum Glück waren wir damals bereits älter und vermissten die Mutter nicht mehr so heftig, wenn sie die Sommerferien mit fremden Kindern in Pionierlagern verbrachte. Ihre Arbeit ging ohnehin immer vor.

Mutter betreute auch Kinder von DKP-Mitgliedern aus der BRD, mit denen sie nur schwer zurecht kam. Deren unbekümmerte Offenheit legte sie als Ungezogenheit aus.

Oft erzählt sie heute noch ganz fassungslos, dass sie mit diesen West-Kindern einmal einen Indianerfilm ansah, was in einem Desaster endete. Denn während die Ost-Kinder laut die Indianer anfeuerten, hielten die West-Kinder zu den Cowboys und jubelten, wenn diese einen Erfolg erzielten. In DDR-Filmen siegten die Indianer, was die West-Kinder sehr ärgerte und wofür sich Mutter anschließend vor ihren Vorgesetzten rechtfertigen musste.

Ausbilder der Hitlerjugend wurden nach Kriegsende für ihre Tätigkeit bestraft. Ausbilder in der DDR, die Kindern das Schießen beibrachten und ihnen einschärften, dass die Partei immer Recht hat, haben keine Strafe zu befürchten. Ganz im Gegenteil! Ihre Arbeit wird von vielen Leuten noch heute offen hoch geschätzt.

Diese ungleiche Handhabe empfinde ich als äußerst ungerecht und begreife die Gründe dafür nicht. Man darf laut behaupten, dass die DDR ein sozialer Staat war und nicht alles schlecht gewesen sei und erhält für diese Falschaussage noch Beifall. Doch vergleicht man die beiden Machtsysteme DDR und Drittes Reich, wird man sofort als Nazi beschimpft und verliert die Achtung seines Umfelds.

Dabei fällt mir ein Brief ein, den Mutter kürzlich erhielt. Ihn hatte eine Freundin aus dem Faschingsclub geschrieben. Das diesjährige Motto sei die DDR und als Kostüme kämen Pionier- und FDJ-Uniformen in Frage und die Musik wären ausnahmslos DDR-Titel. Damit sind nicht nur Schlager gemeint, sondern alte Kampflieder. Sogar entsprechende Plakate, Orden und Urkunden fanden sich ein. Das hat mich zutiefst empört. Wie kann man so etwas lustig finden?

Völlig entsetzt sprach ich darüber mit Freunden und wollte wissen, ob man auch so locker-lustig mit anderen Uniformen und Parolen umginge und musste folgende Antworten hören:

„Wie meinst du das?"

„Bist du verrückt geworden?"

„So was dämliches habe ich überhaupt noch nicht gehört!"

Mein Fazit: Die Ideologie der SED wurde derart erfolgreich in die Hirne der Kinder injiziert, dass sie noch heute darin fest verwurzelt ist.

Von einigen Leuten hörte ich, dass sie zwei Leben haben: eines in der DDR und eines nach der Wende. Dabei meinen sie nicht wie ich, dass unser Leben nur halb gelebt werden konnte, da wir unsere Meinung nicht offen sagen durften. Sie fühlten sich seltsamerweise behütet und nicht eingeschränkt, gelenkt und nicht manipuliert.

In der DDR wurden die Kinder rigoros im Sinne des herrschenden Systems erzogen. Die Partei hat immer Recht, daran durfte keiner zweifeln.

Auch die Kirche erwartet – zumindest von ihren Anhängern -, dass keiner zweifelt. Und zwar an Gott, der Bibel, den verschiedenen Geboten und Worten des Priesters. Darin sehe ich eine gewisse Parallele zur „Denk"weise in der DDR. Vielleicht sind deshalb so viele ehemalige aktive FDJ-Sekretäre heute ebenso aktiv in einer Kirchengemeinde tätig.

Es ist eine seltsame Fügung, dass das Heim, in dem Mutter lebt, der Diakonie angehört. Sie wollen sich im Leben und Sterben Gott anvertrauen und sehen ihre Aufgabe darin, im Namen Jesu Christi Nächstenliebe zu praktizieren. Es werden regelmäßig Andachten und Gottesdienste durchgeführt.

Auch Mutter wird gern hinzugeholt, „weil sie so eine schöne Singstimme hat". Dabei kennt sie keine kirchlichen Lieder und kann die Texte nicht lesen.

Jeder Mensch sollte meiner Meinung nach Nächstenliebe praktizieren, doch dies eher als Selbstverständlichkeit verstehen und nicht allein im Namen Jesu Christi.

Mutter hatte zwar kirchlich geheiratet, weil sie es so romantisch und festlich fand und es damals wohl üblich war. Doch sie gehörte keinem Glauben an.

In unserem Dorf gab es keine Kirche, nur eine kleine Baracke in der Nähe der Schule, in der ein Pfarrer Christenlehre abhielt. Ich konnte mir als etwa Zehnjährige darunter nichts vorstellen, also lief ich hin, um es selbst herauszufinden, obwohl es Mutter streng verboten hatte.

Der Pfarrer erzählte in dieser Stunde seltsame, mir völlig unbekannte und recht unlogische Geschichten. Jedes Kind, das seine Fragen richtig beantwortete, erhielt ein kleines, buntes Bildchen mit Märchengestalten in langen Gewändern darauf.

Interessant wurde es für mich, als der Pfarrer nach Darstellern für sein Weihnachtsstück suchte. Ich meldete mich sofort für die Hauptrolle und bekam sie. Über das Stück und die Proben wollten wir in der nächsten Stunde der Christenlehre sprechen. Darauf war ich schon sehr gespannt.

Doch noch am gleichen Abend verpasste mir Mutter eine schallende Ohrfeige, weil sie längst erfahren hatte, dass ich trotz ihres Verbots zur Christenlehre gegangen war. Sie meinte, ich würde sie zum Gespött des ganzes Dorfes machen und als Lehrerin unglaubwürdig.

Das Weihnachtsstück durfte ich natürlich nicht mit aufführen.

Für mich ist der Glaube eines Menschen nebensächlich, denn jeder hat seinen Grund für seine Meinungen und Ansichten. Der eine kommt allein zurecht, der nächste braucht eine Gruppe Gleichgesinnter, um glücklich zu sein. Darüber sollte man sich kein Urteil erlauben.

Wichtig für mich ist allein die Herzenswärme, das echte Mitgefühl für die Mitmenschen und der Wunsch, niemandem schaden zu wollen.

Wahrheit

Mindestens ebenso wichtig ist mir die Wahrheit. Ich möchte behaupten, sie ist mir wichtiger als anderen Menschen. Viele lügen mit Absicht, um sich irgendeinen Vorteil zu verschaffen. Und andere halten es schlichtweg für ungezogen, die Mitmenschen mit der Wahrheit zu belästigen. Meiner Meinung nach ist die Wahrheit immer zumutbar. Ich glaube fest an die Überlegenheit der Wahrheit.

Mutter nimmt es mit der Wahrheit nicht so genau. Sie erzählt gern und ändert die Geschichte je nach Laune und Situation um. Am Ende weiß man nicht, welcher Teil wahr und welcher erfunden ist.

Andererseits sagt sie geradeheraus, was sie glaubt, sagen zu müssen – ohne einen Gedanken daran zu verschwenden, ob sie damit ihr Gegenüber verletzt. Eher zeigt sie sich sichtlich zufrieden, wenn ihre Worte direkt ins Schwarze treffen.

Im Grunde mache ich es ebenso. Vielleicht ist Mutter nicht hauptsächlich kalt und rücksichtslos, sondern eher offen. Ihr ist es gleichgültig, ob sie sich damit unbeliebt macht.

Sie erzählte mir von einem Ausflug mit Lehrerkollegen nach Dresden, bei dem ein Besuch in einem Museum geplant war. Doch Mutter sagte laut und deutlich: „Lieber sitze ich gemütlich in einem Café, als mich in einem Museum zu langweilen."

Die Lehrer zeigten sich schockiert, denn für sie gehörten Museumsbesuche zur Bildung zwingend dazu.

Seltsamerweise halten die meisten Menschen eine offene Meinung, die sich von der des Umfeldes unterscheidet, für Provokation oder gar Lüge.

Jutta sagte mal zu mir: „Wenn du eine andere Meinung als die Anderen hast, dann solltest du deine Meinung entsprechend ändern!"

Darauf antwortete ich: „Auch wenn alle einer Meinung sind, können sich alle irren."

Das ist einer meiner Lieblingssprüche von Bertrand Russel.

Herbstfest

Mutter ist aufgeregt, denn sie hat mit dem Chor vier Volkslieder eingeübt, die sie zum Herbstfest vortragen wollen.

„Wir werden uns furchtbar blamieren", befürchtet sie.

„Aber nein. Ich weiß doch, wie gut du singen kannst."

„Aber wir singen nicht gleichzeitig."

Ihr Einwand klingt sehr besorgt. Sie will alles richtig machen und möchte, dass alles klappt.

Zuerst gibt es Kaffee, Pflaumenkuchen mit Streuseln und Schlagsahne. Danach tritt ein Alleinunterhalter auf. Der Mann singt altbekannte Volkslieder und begleitet sich mit einer Gitarre. Mutter kennt fast alle Lieder und singt ebenso wie die anderen Chormitglieder kräftig mit.

Schließlich ist der große Augenblick gekommen, die Therapeuten schieben die Chormitglieder in ihren Rollstühlen in die Mitte: ein einziger Mann und sechs Frauen. Alle tragen als eine Art Kostüm einen leuchtend gelben Schal um die Schultern. Drei ehemalige Mitsänger verstarben kürzlich und Mutter wird allen Bewohnern als neue Verstärkung vorgestellt. Sie ist stolz und singt mit kräftiger Stimme die eingeübten Titel, die der Alleinunterhalter mit seiner Gitarre begleitet. Es ist eine wunderschöne Darbietung. Ich mache viele Fotos und verschenke sie später als vergrößerten Papierabzug an die Sänger.

Todesfall in der Familie

„Trautchen ist gestorben", teilt mir Mutter mit. „Es werden immer weniger in unserer Familie, bald ist keiner mehr da."
Trautchen ist eine von Vaters Schwestern.

Inzwischen leben nur noch eine seiner sechs Schwestern und vier Brüder. Sie wohnte direkt am Meer und ich erinnere mich sehr gern an einige schöne Ferien mit meinen Kindern in ihrem Haus.

„Du hast recht", stimme ich zu. „Es werden immer weniger."

Das ist zwar der normale Lauf der Dinge, doch geliebte Angehörige vermisst man immer sehr. Vor allem, wenn man einen guten Kontakt zu ihnen genießen durfte.

Ich frage: „Wer hat es dir erzählt?"

„Ihre Tochter hat angerufen. Sie wollte von mir wissen, welchen Bruder ihrer Mutter sie informieren soll. Du weißt ja, dass die alle zerstritten sind."

Das halte ich für sehr unwahrscheinlich. Ein Streit zwischen Geschwistern ist schließlich völlig belanglos, wenn eines von ihnen gestorben ist. Ich vermute, dass Trautchens Tochter jeden ihrer Onkel und Tanten informierte und Mutter sich an den Zwist in der Familie nur erinnert. Vielleicht ist Trautchen gar nicht gestorben? Ich nehme mir vor, dies sofort daheim herauszufinden.

„Du besorgst mir noch heute die Fahrkarte!", fordert sie. „Ich muss dahin!"

Ich schüttle den Kopf. „Nein, das mache ich nicht. Du kannst unmöglich stundenlang Zug fahren.“

„Dann fährst du mich! Schließlich muss ich zur Beerdigung.“

„Nein, Mutti, das musst du nicht. Jeder weiß, dass du solch eine Tour nicht verkraftest.“

Die Entfernung zwischen Chemnitz und dem Wohnort der Tante beträgt fast achthundert Kilometer. Mit dem Auto würde man wohl zehn Stunden benötigen, zumal man obendrein noch auf eine Insel übersetzen muss.

Mutter schaut mich an und bestimmt sehr energisch: „Doch. Da muss ich durch.“

Ihr Wille, der Schwägerin die letzte Ehre zu erweisen, ehrt sie. Doch eine solche Reise wäre völlig unmöglich, da die Mutter kaum allein auf Toilette und keine Treppenstufen gehen kann und bereits nach einer Stunde Sitzen völlig erschöpft ist.

Als ich am Abend meine Schwester anrufe, erfahre ich, dass die Tante tatsächlich gestorben ist.

Vergessen

Die Erinnerungen verschönern das Leben,
aber das Vergessen allein macht es erträglich.
Honoré de Balzac

Mutters Demenz schreitet merklich fort. Sie erinnert sich an längst Vergangenes, wenn ich ihr dabei helfe. Dann freut sie sich und sagt: „Ach, das hatte ich längst vergessen."

Sie erinnert sich gern und liebt es, sich über alte Geschichten zu unterhalten. Meist lese ich ihr vor und suche dabei nach Parallelen zu ihrem Leben, ihrer Vergangenheit. Diese Anregung scheint mir sehr wichtig, um den Geist noch so lange wie möglich aktiv zu halten.

Heute lese ich ihr einen sehr lieben Brief ihrer Freundin vor.

„Schade, dass ich nicht mehr schreiben kann."

„Das ist wirklich schade", stimme ich zu. „Du hast immer gern geschrieben, jeden Tag einen Brief. Weißt du noch, als ich so lange im Krankenhaus war?"

Mutter schaut mich irritiert an.

„Du hast mir jeden Tag geschrieben, mal eine Karte, mal lange Geschichten, sogar Bilder-rätsel. Und ich hatte immer einen lieben Gruß von daheim."

„Wann soll das gewesen sein?"

„Da war ich neun Jahre alt."

„So ein Quatsch! Du warst doch nie im Krankenhaus."

„Doch, Mutti, sogar ein ganzes Jahr."

„Jetzt redest du Unsinn!", weist sie mich

zurecht.

Ich überlege, wie es sein kann, dass man solch ein einschneidendes Erlebnis vergisst. Vielleicht hat sie es verdrängt und erträgt die Erinnerung an den Kummer von damals nicht, wo sie mich so lange schmerzlich vermisste. Oder es liegt an der Demenz.

Leider funktioniert ihr Gedächtnis überhaupt nicht, wenn es um die Gegenwart geht.

„Heute Nachmittag ist Singen im Veranstaltungsraum", teile ich ihr mit.

Darüber freut sie sich, denn sie singt sehr gern und erinnert sich an sämtliche Texte von Volksliedern. Doch als wir ihr Zimmer verlassen, fragt sie: „Wo gehen wir hin?"

„In den Veranstaltungsraum. Heute ist Singen."

„Schön! Und was ist da?"

Das gleiche Fragespiel findet statt, wenn wir zusammen das Fernsehprogramm für den Abend auswählen. Ich schreibe ihr die Nummer des Senders ganz groß auf einen Zettel und darunter das Programm. Sie liest den Zettel und legt ihn beiseite. Einen Moment später fragt sie: „Haben wir schon das Fernsehprogramm ausgewählt?"

„Ja. Du schaust *Damals war´s*."

Ich zeige ihr den Zettel. Sie nimmt ihn und

studiert ihn lange.

„Und was ist das?"

„Das sind Schlager von früher."

„Meinst du, das ist gut für mich?"

Ich nicke und sage: „Ja, du hörst so gern Schlager und kannst vielleicht sogar mitsingen."

„Und wer ist der Moderator?" Interessiert schaut mich Mutter an.

„Hartmut Schulze-Gerlach."

„Den kenne ich", freut sie sich und stippt mit dem Zeigefinger in die Luft.

„Ja, ich weiß. Diese Sendung schaust du dir immer gern an."

„Und was ist das?"

Geduldig erkläre ich: „Das sind Schlager und Ereignisse aus einem ganz bestimmten Jahr."

„Weiß ich doch!"

Nun muss ich lachen und sage: „Ich wünsche dir gute Unterhaltung dabei."

„Und was soll ich gucken?"

„Die Sendung *Damals war's*."

„Ach ja. Und wo kommt das?"

„Auf der Sechs."

„Auf der Sechs?"

„Ja, die Sechs musst du drücken."

Offenbar kann sie sich nicht zwei Dinge gleichzeitig merken, die Nummer des Senders *und* das Programm bringen sie völlig durcheinander.

Es ist nicht schlimm, wenn man sich nicht an alles erinnern kann. Auch ich vergesse Dinge, seltsamerweise meist wichtige Ereignisse wie einen heftigen Familienstreit.

Unbedeutende Kleinigkeiten dagegen sehe ich noch lebhaft vor mir. Wie zum Beispiel Mutter eine Scheibe Brot abschnitt. Dabei drehte sie den Laib, wenn sie mit dem Messer in der Mitte war, so dass dort jedes Mal ein Absatz entstand und die Schnitte zur Hälfte zu dick und zur anderen Hälfte fast durchscheinend dünn war. Die dicken, aber gerade geschnittenen Scheiben, die Vater schnitt, nannte sie Bauernrungs und wollte sie nicht.

Für mich sind derartige Kleinigkeiten nicht bedeutungslos, denn das ganze Leben besteht aus Kleinigkeiten.

Es ist auch nicht tragisch, dass sich Mutter in fremder Umgebung nicht mehr zurecht findet. Das muss sie nicht.

Schlimm finde ich, dass sie sich nicht mehr so ausdrücken kann, wie sie es gern möchte. Ihr fehlen die Worte und sie schaut hilfesuchend in die Luft. Es dauert lange, bis sie einen Satz halbwegs beenden kann. Meist muss ich ohnehin einen Teil selbst erraten. Doch ich gebe ihr Zeit zum Formulieren.

Sie kann sich nicht mehr allein die Schuhe oder

ihre Kleider an- und ausziehen, nicht auf Toilette gehen und muss sogar seit einiger Zeit Windeln tragen.

Wenn ihre Demenz so weit fortgeschritten wäre, dass sie dies alles nicht mehr merkt, wäre es vermutlich für sie erträglicher. Doch so leidet sie, da ihr der geistige und körperliche Verfall sehr wohl bewusst ist. Und ich leide mit ihr, weil ich tatenlos zusehen muss.

Das Gehirn macht den Menschen aus, seine Erfahrungen und Erinnerungen. Funktioniert das nicht mehr, verändert er sich, da er auf nichts mehr zurückgreifen kann.

Fernsehen

Jeden Tag haben wir viel Spaß bei der Auswahl der Sendung, die sich Mutter am Abend im Fernsehen anschauen möchte. Am liebsten mag sie bunt gemischte Schlagersendungen. Dabei kann sie mitsingen und sich amüsieren. Bei Filmen und Kabarett ist sie nicht mehr in der Lage, den Dialogen und schnell wechselnden Bildern zu folgen. Somit versteht sie oft den gesamten Inhalt nicht. Außerdem sieht sie schlecht, was bei Liedern nicht weiter tragisch ist. Da kommt es vor allem auf die

Musik, die angenehme Unterhaltung an.

Doch es ist wie verhext: entweder, es kommt keine einzige Schlagersendung oder mehrere zugleich auf verschiedenen Programmen. Ich schreibe ihr die Nummer des ausgewählten Senders mit großen Buchstaben auf einen Zettel, denn sie vergisst alles so schnell.

„Das Gedächtnis reicht von zwölf bis Mittag", scherzen wir oft, obwohl das nicht wirklich lustig ist.

„Der Silbereisen kam gestern nicht. Die brachten nur eine Werbesendung", beklagt sich Mutter.

„Das ist ja ärgerlich", sage ich laut. Doch insgeheim denke ich, dass Mutter nur mit den Tasten der Fernbedienung nicht mehr zurecht kommt. Vor allem, wenn die Nummer des Senders zweistellig ist. Dann drückt sie vermutlich die Zahlen zu langsam und landet immer auf dem falschen Programm. Und durch ihre Versuche, dies zu korrigieren, verstellt sie noch mehr. Doch die Schlagersendung mit Silbereisen kam auf dem ersten Knopf. Es schockiert mich, dass sie nicht einmal mehr die Eins findet.

Immerhin lässt sie sich neuerdings leichter trösten und reagiert auf verpasste Sendungen nicht mehr so wütend wie früher. Doch mir lässt das keine Ruhe. Deshalb bitte ich sie, mir zu zeigen, wie sie den Fernseher anstellt. Das funktioniert. Doch welchen Programmknopf ich auch drücke, es zeigt sich fast ausschließlich ein Verkaufssender. Sämtliche ersten Programme sind einfach nicht mehr vorhanden.

„Hier stimmt gar nichts mehr!", rufe ich aus.

Dann umarme ich Mutter und bitte sie um Entschuldigung, weil ich nicht schon eher klüger reagierte und den Fernseher überprüfte. Obendrein hielt ich sie für zu ungeschickt, mit der Fernbedienung umzugehen. „Ich hielt dich für dusslig, dabei bin ich der Dussel. Kannst du mir noch einmal verzeihen?"

Mutter lacht und scherzt: „Nur noch dieses eine Mal!"

Mir tut es aufrichtig leid, dass sie zwei lange Wochen keine Abendunterhaltung im Fernseher hatte. Sofort rufe ich Klaus an. Der macht sich sogleich auf den Weg, um einen Sendersuchlauf zu starten und die Programme wieder so einzustellen, wie es Mutter gewöhnt ist. Das dauert volle zwei Stunden, denn der Satellit bietet sage und schreibe achthundert Sender. Aus diesem Wust muss Klaus mühevoll Mutters Lieblings-Programme herausfinden und zusätzlich noch in die Reihenfolge bringen, die wir auf einer Liste notierten.

Nun ist Mutter glücklich und ich ebenfalls.

Sturz

Mutter läuft immer schlechter. Oft greift sie hilflos in die Luft und sucht tastend nach den Griffen des Rollators. Das macht mir Angst. Denn wenn sie daneben greift, könnte sie stürzen und sich böse verletzen.

„Sie sollten Ihrer Mutter andere Schuhe besorgen", ermahnt mich ein Pfleger.
„Ich weiß. Mir gefallen die Pantoffel auch nicht. Sie könnte stürzen, aber sie will keine anderen Schuhe."
„Es es egal, was sie will! Es muss einfach sein!", belehrt mich der Pfleger. „Kaufen sie am besten knöchelhohe Schuhe mit Klett-verschluss!"
Zwei Tage später fahre ich mit Mutter ins Schuhgeschäft. Wir wählen rote Hausschuhe und beigefarbene Straßenschuhe aus ganz weichem Leder, beide mit Klettverschluss. Mehr als 150 Euro haben wir dafür gezahlt. Immerhin sitzen beide Schuhe bequem, lassen sich leicht überstreifen und haben eine gute Qualität.

Doch so oft ich Mutter besuche, sie hat kein einziges Mal ihre Schuhe richtig an den Füßen.

Sie schlüpft in sie wie in Pantoffel, oft verwechselt sie sogar die Seiten oder trägt gar nur einen einzelnen Schuh.

„So geht das nicht!", beschwere ich mich beim Pfleger. „Wenn Sie ihr die Schuhe nicht richtig anziehen, wird sie stürzen."

„Glauben Sie, ich hätte Zeit, jedem Bewohner die Schuhe anzuziehen?"

„Ja, das glaube ich. Ich habe extra die Schuhe besorgt, damit sie fest sitzen. Allein kann sie sie nicht anziehen."

Meine Klage hilft nicht, Mutters Schuhe sitzen so gut wie nie richtig an ihren Füßen. Ich wende mich deshalb an den Pflegedienstleiter. Er verspricht, den Pflegern und Schwestern eine entsprechende Anweisung zu erteilen.

Doch es ändert sich nichts. Nach wie vor zieht keiner Mutter die Schuhe an. Auch ein Brief an die Einrichtungsleitung bringt keinen Erfolg.

Nur nach meinen Besuchen aller zwei Tage und dank der freundlichen Hilfe fremder Besucher sitzen hin und wieder die Schuhe wie sie sollen. Diese Nachlässigkeit des Pflegepersonals ärgert mich sehr.

Es kommt, wie es kommen musste. Einige Tage später erhalte ich einen Anruf.

„Ihre Mutter ist gestürzt. Wir haben sie ins Krankenhaus gebracht."

Jeden Tag hatte ich Angst vor genau diesem Anruf. Natürlich müssen nicht zwangsläufig die falsch sitzenden Schuhe der Grund sein. Möglicherweise hat sie daneben gegriffen, als sie sich auf ihren Rollator stützen wollte. Das habe ich selbst schon mehrfach beobachtet.

„Sie wird jetzt geröntgt. Dann wissen wir mehr. Warten Sie bitte den nächsten Anruf ab!"

Zwei Stunden später informiert mich eine Krankenschwester, dass Mutter einen Oberschenkelhalsbruch erlitt und operiert werden müsse. Ich soll am nächsten Morgen die Vorsorgevollmacht vorlegen und nach dem Arztgespräch die Unterlagen für die Operation unterzeichnen.

In dieser Nacht finde ich keine Ruhe und auch kaum Schlaf. Mir fällt Mutters Oma ein, meine Urgroßmutter, die nach solch einem Oberschenkelhalsbruch im Krankenhaus verstarb. Daran wird sich auch Mutter erinnern und sich entsprechend fürchten.

„Wir wählen eine örtliche Betäubung, weil eine Vollnarkose riskanter ist. Rechnen Sie mit Veränderungen!", erklärt der diensthabende Arzt.

„Welche Veränderungen meinen Sie?"

„Die Verwirrtheit Ihrer Mutter wird zunehmen,

zumal sie bereits dement ist."

Und das sollte eine Narkose verursachen? Davon habe ich noch nie gehört.

Am Abend lese ich im Internet nach und erfahre, dass sich gut ein Drittel der Patienten nach einer Narkose nicht mehr richtig erinnern und konzentrieren kann und sogar ihr intellektuelles Leistungsvermögen verlieren. Bei zehn Prozent der Fälle wird das nicht erkannt, was die Verwirrtheit zum Dauerzustand und schlimmstenfalls zur Demenz führen kann, in der Folge zum Verlust der Selbständigkeit und zur Pflegebedürftigkeit.

Nun, dement ist Mutter bereits. Doch mir fällt ein Nachbar ein, der sich nach einer Operation stark veränderte. Er hat seitdem seltsame Visionen und irritiert seine gesamte Familie damit. Ob er weiß, dass das von der Narkose kommen kann?

Am Folgetag darf ich Mutter am Nachmittag besuchen. Ihr geht es offenbar gut, sie klagt nicht einmal über Schmerzen.

Eigentlich wollte ich genau heute mit Klaus in den Urlaub fahren. Wir hatten eine Woche Bergwandern geplant. Ich liebe die Alpen und freue mich schon das ganze Jahr über auf schöne Wandertouren, Brotzeiten in urigen

Berggasthöfen und den Blick auf verschneite Gipfel und in grüne Täler. Dieses Mal hatten wir ein ganz besonderes Hotel gefunden, das aus mehreren alten Bauernhäusern besteht. Sie wurden vor vielen hundert Jahren aus Feldsteinen gebaut, standen jedoch lange leer, nachdem die Bewohner verstarben oder in die Stadt zogen. Diese Häuschen wurden renoviert und auf den neuesten Stand gebracht und bestehen nur aus einer kombinierten Schlaf-Wohnstube und einem Bad. Von der Terrasse aus hat man einen gigantischen Blick über das gesamte Tal. Die Fotos im Internet sehen jedenfalls vielversprechend aus.

Doch stattdessen sitze ich an Mutters Kranken-bett und frage mich, ob ich richtig entschieden habe, den Urlaub sofort zu stornieren, als ich von ihrem Sturz erfuhr.

Mein Bruder wohnt hier in der Stadt und könnte sie besuchen. Ins Krankenhaus würde er sicher kommen, doch leider kann ich mich nicht darauf verlassen.

Im Grunde wird Mutter hier gut versorgt, was den medizinischen Bereich betrifft. Nur fürchte ich, dass sie ängstlich in sich hineinhorcht und Zuspruch braucht. Also bleibe ich lieber hier und besuche sie jeden Tag.

Als ich neun Jahre alt war, musste ich ein ganzes Jahr in einem Krankenhaus verbringen. Mutter durfte mich in dieser Zeit nur drei Mal besuchen. Sie schrieb mir nahezu täglich Briefe mit lustigen Bilderrätseln, zerschnitt das Papier, damit ich es vor dem Lesen erst zusammensetzen musste, dachte sich Geschichten aus und erfand lustige Begebenheiten aus dem Alltag mit meinen Geschwistern.

In dem Alter habe ich nicht weiter darüber nachgedacht, was es für eine Mutter bedeutet, wenn ihr Kind krank ist und sie es schmerzlich vermisst.

Viele Jahre später wiederholte sich die Geschichte, weil auch meine Tochter fast ein ganzes Jahr im Krankenhaus verbringen musste. Ich besuchte sie jeden Mittwoch und Sonntag und Mutter half mir, indem sie sich in dieser Zeit um meinen Sohn kümmerte.

Deshalb fällt es mir leicht, auf den so lange geplanten Urlaub zu verzichten und Mutter täglich im Krankenhaus zu besuchen. Ich kann sicher noch oft wegfahren, Mutter nicht mehr.

Vier Tage später reagiert sie kaum, isst und trinkt nichts. Das ist gar nicht gut und macht mir große Sorgen. Ich befürchte irgendwelche Komplikationen oder gefährliche Bakterien, von denen man heute so viel in den Zeitungen liest und suche den Arzt auf.

„Ich kenne die Patientin nicht anders, als dass sie nicht reagiert", brummt er.

„Ich schon. Denn bis gestern haben wir uns unterhalten und sogar gescherzt."

Der Mann seufzt genervt. Wahrscheinlich hält er mich für eine hysterische Angehörige, von der er sich nicht stören lassen mag. Doch ich lasse nicht locker.

Schließlich verspricht er: „Ich kümmere mich. Ihre Bedenken, unsere Beruhigungsmittel würden dies verursachen, sind Unsinn, da bei solch einer fortgeschrittenen Demenz die Dosierung ohnehin bedeutungslos ist."

Wie soll ich das verstehen? Meint er, ein dementer Patient merkt sowieso nichts? Ist es deshalb gleichgültig, was man ihm verabreicht? Vielleicht bin ich wirklich überreizt, da mir so garstige Gedanken durch den Kopf gehen. Also beschließe ich, dem Arzt zu vertrauen und verabschiede mich. Im Grunde bleibt mir ohnehin nichts anderes übrig. Der Mann nickt nur kurz, ohne aufzuschauen.

Im Rollstuhl

Drei Tage später ist Mutter bereits wieder im Heim, obwohl sie weder stehen noch gehen kann. Deshalb sitzt sie im Rollstuhl.

Es ist ein geborgter Rollstuhl. Einen eigenen kann nur die Hausärztin verschreiben. Doch heute ist Freitag und die Ärztin nicht mehr erreichbar. Auch das Rezept für eine Therapie, damit Mutter das Laufen wieder lernt, kann frühestens am Montag ausgestellt werden. Ich hoffe, dass die Therapie möglichst sofort beginnt. Andererseits kenne ich mittlerweile den erschreckend langen Verwaltungsweg.

Auf den Ersatz eines kaputten Toilettensitzes hat Mutter reichlich zwei Monate warten müssen, obwohl jeder im Haus weiß, dass sie den normalen niedrigen Sitz nicht allein benutzen kann oder gar erneut stürzt.

Ich verstehe nicht, weshalb so etwas wie Gehhilfen und Medikamente nicht gleich der Krankenhausarzt verschreibt. Das würde den Verwaltungsaufwand stark mindern, die Hausärzte entlasten und den Patienten erheblich bei der Heilung helfen.

Mit dem Rollstuhl ist Mutter nicht mehr beweglich. Ich will ihr beibringen, sich darauf sitzend mit Hilfe ihrer Beine vorwärts zu bewegen. Doch es gelingt mir nicht, denn ich bin *nur* die Tochter und keine Fachkraft. Sie mag mir nicht glauben, dass sie mit ihren Händen die Räder drehen kann.

„Schau, wie das Frau Berger macht!", rufe ich und zeige mit dem Arm auf die Frau, die sich trotz Rollstuhl fortbewegt. Doch Mutter schaut gegen die Wand oder auf ihre Füße. Ich weiß nicht, ob sie sich wehrt oder ob sie nicht in der Lage ist, konzentriert etwas wahrzunehmen. Hoffentlich beginnt bald die Therapie!

Das untätige Herumsitzen fesselt sie an ihr Zimmer, bis sie irgendwer zum Essen oder zu einer Veranstaltung holt.

Beim Gang zur Toilette kann ich ihr im Moment nicht wie gewohnt helfen, denn sie hat nicht die Kraft, sich aus dem Stuhl in den Stand zu drücken. Und falls es mir gelingt, sie nach oben zu ziehen, lässt sie sich vor dem Klosett einfach fallen. Ich muss dann mit meinem ganzen Körper einen Sturz auf den Boden verhindern. Anschließend bin ich jedes Mal schweißgebadet vor Anstrengung und vor Angst, dass sie mir entgleitet.

„Das ist auch nicht deine Aufgabe!", schimpft Klaus. „Du kennst die Griffe nicht und hebst dir am Ende einen Bruch."

Um die Pflege zu vereinfachen, trägt Mutter jetzt Windeln.

Für mich ist ihre Hilflosigkeit nur sehr schwer zu ertragen. Zum Glück hat sie wenigstens keinerlei Schmerzen.

Mutters Lieblingspfleger Sascha ist mir zu grob. Er geht sehr respektlos mit den alten Leuten um, duzt sie, nennt sie Herzilein oder gleich beim Vornamen. Normalerweise ist Mutter diesbezüglich fast ebenso empfindlich wie ich, doch bei Sascha macht sie eine Ausnahme. Sie lacht über seine derben Scherze. Deshalb beklage ich mich nicht über ihn.

Er schnauzt gutmütig: „Du sitzt in deinem Rollstuhl wie auf einem Thron und lässt dich von vorn bis hinten bedienen. Ab morgen kommt die Therapeutin. Dann marschierst du wieder allein!"

Mir hat diese Ankündigung direkt die Sprache verschlagen, doch Mutter lacht. Sie gluckst vergnügt und droht dem Pfleger lachend mit dem Finger.

„Du rennst rum wie ne Ente! Hast wieder deine Latschen verkehrt rum an." Sascha seufzt und befiehlt: „Sadietjes!"

Das ist russisch und heißt: „Setz dich!"

Mutter kichert und lässt sich augenblicklich auf ihr Bett fallen. Zu DDR-Zeiten war Russisch ein Pflichtfach für alle Schüler und einige Vokabeln sind wohl im Langzeitgedächtnis erhalten geblieben.

„Und schon verstehen wir uns", freut sich der Pfleger. Er bückt sich und brummt: „Du musst schon mitmachen! Heb das Bein, damit ich nicht auf dem Boden rumkriechen muss!"

Mutter hört auf Sascha, sein seltsamer Umgangston ist offenbar genau richtig für sie.

Wegen des Rollstuhls können wir auch keine Ausflüge mehr mit Mutter unternehmen, denn er passt nicht in unser Auto. Außerdem gibt es in fast jedem Gasthof Treppen, die für sie unüberwindlich sind. Ich kann sie nur durch den Park am Pflegeheim schieben, denn der Stuhl ist für Waldwege nicht geeignet.

Mir scheint, sie hat sich an den Rollstuhl gewöhnt, denn sie gibt sich beim Training mit der Therapeutin überhaupt keine Mühe. Statt sich anzustrengen und das Laufen zu lernen, sitzt sie lieber im Rollstuhl. Da kommt mir eine Idee, wie ich sie animieren könnte und ich sage: „Bald ist Weihnachten."

„So?"

„Ich möchte dich wie immer gern am ersten Feiertag bei mir zum Festessen dabei haben."

„Das wäre schön", stimmt sie zu.

„Doch dazu musst du das Laufen üben."

„Wozu soll das gut sein?", wundert sie sich.

Das ist eine ihrer Lieblingsfragen, obwohl es nicht wirklich eine Frage ist – eher ein etwas langes und abwertendes Nein.

„Den Rollstuhl bringen wir nicht ins Auto,

deshalb solltest du mit dem Rollator das Laufen üben."

Sie lässt die Schulter hängen. Doch ich stubse leicht gegen ihren Arm und drohe lachend: „Ohne Rollator gibt es keine Hasenkeule."

Nun stimmt sie in mein Gelächter mit ein und verspricht, sich ab jetzt Mühe zu geben.

Weihnachtsmarkt

Wenige Tage später findet ein Weihnachtsmarkt im Heim statt. Mutter freut sich auf diese Abwechslung und kann es gar nicht erwarten, ins Erdgeschoss zu kommen. Und ich traue meinen Augen kaum: sie sitzt nicht im Rollstuhl! Neben ihrem Stuhl steht der Rollator.

„Meinst du, du schaffst es, bis hinunter in den Veranstaltungsraum zu laufen?"

„Ich will's versuchen."

Ich richte ihr die Schuhe, die sie wieder verkehrt herum trägt und warte, bis sie sich durch mehrfaches Wippen hoch in den Stand gedrückt hat. Dann lege ich ihre Hände an die richtigen Stellen der Griffe, die sie allein offenbar nur sehr schwer findet. Mutter angelt mit ihren Armen immer nur suchend durch die Luft, hält sich mal am Tisch, mal an einem Bewohner oder an sich selbst fest. Dabei klammert sie ihre Hand so fest in die Kleidung und Dinge, dass man sie nur sehr schwer wieder lösen kann. Ruhiges Zureden hilft nicht, sie ist dann ängstlich aufgeregt und jammert unablässig: „Das kann ich nicht."

Ich kann mir nicht vorstellen, dass sie tatsächlich läuft. Doch sie stapft sofort los und steht nach wenigen Schritten am Fahrstuhl.

Auf welchen der wunderhübsch geschmückten Stände ich sie auch aufmerksam mache, Mutter beachtet keinen einzigen und marschiert starr an allem vorbei. Selbst der lustig verkleidete Weihnachtsmann vermag sie nicht aufzuhalten.

„Frau Müller, ich wünsche Ihnen ..."

Sie konzentriert sich auf den Rollator und sieht den Mann nur als Hindernis. Als sie zum dritten Mal gegen seine Füße fährt, tritt er zur Seite und lässt sie in den großen Gemeinschaftsraum.

Ich finde einen Tisch, an dem sie neben ihrer Nachbarin im Wohnbereich sitzen kann und mit deren Tochter ich mich bereits vor Monaten anfreundete. Diese alte Dame schläft entweder oder singt vergnügt Lieder. Ich mag sie gern. Auch Mutter hat Gefallen an ihr gefunden.

Sie greift sofort nach dem Keksteller und isst wie automatisch ein Stück Gebäck nach dem anderen. Nach dem vierten nehme ich ihr den

Teller weg und stelle ihn außer Reichweite.

Dann bekommt sie einen Glühwein, während eine Therapeutin auf dem Klavier Weihnachtslieder anstimmt. Es sind zu meiner großen Freude ausnahmslos altbekannte deutsche Weihnachtslieder, die jeder mag und mitsingen kann. Ich bewundere Mutter, dass sie von all den vielen Liedern sämtliche Texte bis zur letzten Zeile kennt, während ich meist bereits nach der ersten Strophe Hilfe benötige.

Ich gehe hinaus auf den Gang und betrachte die Stände. Dort kaufe ich selbstgemachte Kekse, Honig, Eierlikör und vom Textilstand eine Hose und einen leuchtend roten Pulli mit Glitzersteinen für Mutter. So etwas mag sie gern.

Vater sagte immer: „Meine Jette ist wie eine Elster. Wo es glitzert, kann sie nicht weit sein."

Jetzt wird ein Puppenspiel aufgeführt. Das Märchen wurde verfremdet, weshalb es die alten Leute gar nicht erkennen und mit dem Witz, der sich darin versteckt, nichts anfangen können. Mutter schaut nicht zur Bühne. Sie lächelt nur still vor sich hin.

Eine der Puppen verteilt schließlich Geschenke an die Bewohner. Auch ich hatte eine Tüte mit Pralinen und dicken Socken vorbereitet und obenauf eine kleine Weihnachtsfigur geklemmt. Diese Figur hat an Händen und Füßen Magnete, so dass man sie zum Beispiel auf den Rahmen des Fernsehers klemmen kann.

Der Mann am Nachbartisch kümmert sich rührend um seine im Rollstuhl sitzende Frau. Plötzlich steht die Leiterin der Therapie direkt vor ihm und spricht eine Besucherin an.

„Ich bitte Sie, gehen Sie einen Schritt zur Seite! Meine Frau sieht gar nichts mehr."

Wie eine Furie fährt die Leiterin herum und faucht: „Moment! Ich rede! Sehen Sie das nicht?"

Der Mann zieht erschrocken seinen Kopf ein, während die Besucherin sofort zur Seite tritt und sich neben die Eingangstür stellt. Mit einem zornigen Blick auf den Mann geht auch die Leiterin zur Tür.

Ich lächle dem Mann zu, der inzwischen seine Fassung wieder erlangt hat und mit seiner Frau scherzt.

In diesem Moment wird mir klar, dass diese Fachfrau nur während ihrer Tätigkeit freundlich sein kann. Sicher leistet sie gute Arbeit, doch Herzenswärme scheint ihr zu fehlen.

Statt des üblichen Abendessens im Wohnbereich gibt es heute frisch gegrillte Bratwurst mit Brötchen und dazu ein Bier. Mutter ist absolut zufrieden.

Weihnachtsfest

Wir leben in der Nähe des Erzgebirges, dem Weihnachtsland. Deshalb sind für uns Traditionen im Advent besonders wichtig.

Ab dem ersten Advent leuchten in jedem Fenster die Schwibbögen, die meist Bergbaumotive oder welche aus der Natur mit Bäumen und Rehen haben oder Kinder beim Wintersport zeigen. Es gibt Stollen zum Vesper, Räucherkerzen und das erste Licht wird angezündet. Kerzen sind im Heim allerdings nicht erlaubt. Doch Mutters großen Schwibbogen und den geschnitzten Bergmann darf ich aufstellen. Dazu schmücke ich einen Strauß Tannenzweige mit roten Kugeln.

Mir fällt es schwer, Mutter am 24. Dezember nicht zu uns zu holen. Doch ich weiß, dass sie nach besonderen Ereignissen wie ein Essen außer Haus immer zwei Tage lang völlig erschöpft ist. Wir bringen ihr deshalb die Geschenke ins Heim und halten uns wie immer nur eine knappe Stunde bei ihr auf. Längere Besuche strengen sie inzwischen viel zu sehr an.

Unser Sohn schenkt seiner Oma einen riesigen

Plüsch-Teddy. Von mir bekommt sie Pralinen und eine Flasche Heidelbeerlikör.

Den ersten Feiertag darf Mutter bei uns verbringen. Sie freut sich sehr darüber.

Das Einsteigen ins Auto gestaltet sich schwierig, weil sie sich am Türrahmen fest-klammert und partout nicht loslassen will. Auch das Aussteigen kostet Mutter viel Mühe, da sie schon Angst hat, ihre Beine aus dem Auto heraus auf den Boden zu stellen.

„Ist es glatt?", fragt sie ängstlich.

„Aber nein, dazu ist es zu warm. Stütze dich einfach auf mich!", bietet Klaus an.

„Und wie soll das gehen?"

„Stell dich nicht so an!" Klaus verliert die Geduld. Ich werfe ihm einen bösen Blick zu, doch mir fällt Sascha ein. „Drehe dich einfach zur Seite, dann ziehe ich dich hoch."

Mutter bemüht sich kaum. Entsprechend lange dauert das Aussteigen aus dem Auto.

„Das kann ja heiter werden!", brummt Klaus.

„Du musst ein wenig dein Bein heben. Hier ist ein Absatz, eine kleine Stufe."

Mutter tut einen Schritt zurück. „Das kann ich nicht."

„Das kannst du!"

Sie schaut nicht auf und starrt direkt verzweifelt auf ihre Schuhe. Ich packe den Rollator und sage: „Lass ihn einfach los! Die Männer halten dich."

Doch sie klammert sich weiterhin an den Griffen fest, starrt auf ihre Füße und bewegt sich nicht.

„So wird das nichts", stellt Klaus resigniert fest. „Greife der Oma unter die Arme!", ruft er unserem Sohn zu.

Die Männer packen Mutter von beiden Seiten und ziehen sie vorwärts. Das heißt, sie versuchen es. Doch Mutter weigert sich, einen Schritt zu machen.

„Mutti, hebe einfach ein Stück dein Bein! Ich kann dir den Weihnachtsbraten nicht hier draußen servieren."

Ich bin die einzige, die über meinen eigenen Scherz lacht. Mutter lacht nicht, schaut nur verkrampft auf ihre Schuhe.

Klaus droht: „Entweder, du hebst jetzt dein Bein und gehst weiter oder du musst wohl oder übel zurück ins Heim."

Sofort geht Mutter weiter, als hätte es nie ein Problem gegeben. Auch die Innentreppe mit fünf Stufen überwindet sie fast allein. Wie ist das möglich, dass sie eben kaum stehen konnte und nun fast allein sogar Treppen steigt? Haben die Worte von Klaus eine Art Blockade gelöst?

Ihr den Mantel auszuziehen, ist die nächste schwierige Aufgabe, weil sie sich an den Griffen ihres Rollators festklammert und nicht loslassen will.

Sie hat große Angst, wieder zu fallen und schaut nur nach unten auf ihre Füße. So sieht sie auch nicht, wohin sie ihren Rollator schiebt und stößt immer wieder gegen Türrahmen, Schränke und Stühle.

„Mensch!", schimpft sie. „Hier komm ich nicht durch."

Unsere Gänge sind zwar nicht so breit wie die im Heim, doch eigentlich breit genug und ohne Hindernis, um bis an den Tisch zu kommen. Ich weiß, dass sie schlecht sieht und sich kaum orientieren kann, was hier in der für sie ungewohnten Umgebung sofort auffällt.

„Hier steht dein Stuhl, Mutti." Ich ziehe ihn vorsorglich unter dem Tisch hervor und dirigiere sie in die richtige Richtung.

„Darf ich mich jetzt setzen?", fragt sie unsicher, klammert sich am Rollator fest und will sich fallen lassen.

Zum Glück ist Klaus aufmerksam und schiebt ihr den Stuhl so unter den Hintern, dass sie beim Fallen genau auf den Sitz trifft.

Ich habe das bereits im Heim beobachtet und bei jedem Toilettengang meine Probleme damit gehabt. Doch hier bei mir daheim bin auch ich etwas ängstlich und hoffe, dass ihr nichts passiert.

Aus den Lautsprechern dudelt angenehm erzgebirgische Weihnachtsmusik, was die Stimmung sofort entspannt. Klaus hat für jeden ein Glas Sekt eingeschenkt und wir stoßen feierlich an. Zum Essen mag Mutter ein Bier. Ich habe ihr zuliebe Soljanka gekocht, weil sie die besonders gern mag. Anschließend serviere ich sehr weich gegarte Hasenkeulen mit Rosenkohl und Klößen, wobei ich alles in kleine Häppchen zerteilen muss. Das macht nichts, wichtiger ist, dass es ihr und uns hervorragend gut schmeckt. Als Nachtisch gibt es Mascarponecreme und zur Verdauung einen Kräuterlikör. Danach ist Mutter sehr müde und möchte sich hinlegen. Ihren Mittagsschlaf hält sie gern in ihrem geliebten Liegesessel, wo sie sich in eine warme Decke kuschelt und sofort einschläft. Ich staune immer wieder, wie schnell sie einschläft und was für einen beneidenswert guten Schlaf sie nach wie vor hat.

Nach dem Vesper mit Kaffee und Stollen bringt Klaus sie zurück ins Heim.

Schluss

Im Alter, wenn man pflegebedürftig ist, ist man wie ein Kind. Man braucht Fürsorge und Verständnis und das möglichst rund um die Uhr.

Doch seit Mutter im Pflegeheim lebt und dort gut versorgt wird, fühle ich mich frei, frei von jeder Sorge und frei von jeder Pflicht. Ich muss nicht – ich kann sie besuchen, wann immer ich das möchte. Was für ein Unterschied!

Das, was Mutter getan oder nicht getan hat, spielt heute keine Rolle mehr. Sie ist alt und kommt nicht mehr allein zurecht – nur das zählt. Ich werde mich um sie kümmern so gut ich kann. Sie nahezu jeden Tag zu besuchen ist kein Aufwand, kostet mich einzig eineinhalb Stunden Zeit, die ich gerne aufbringe.

Heute sagte sie mir zum Abschied: „Es ist schön, dass es dich gibt und du dich auf mich verlassen kannst."

Ich lache und weiß, dass sie sich freut, sich auf mich verlassen zu können und nur ungeschickt ausdrückte. Sie merkt es und brummt: „So´n Quatsch!"

Mutter sind in ihrem ganzen Leben die Bitten

um Entschuldigung immer schwer gefallen bzw. gänzlich unmöglich gewesen. Deshalb ist mir sehr wohl ihre ungewöhnliche Anerkennung bewusst. Etwas hilflos schaut sie mich an. Ich nehme sie in den Arm und sage: „Auch du kannst dich auf meinen Quatsch immer verlassen."

Das Bewusstsein eines erfüllten Lebens
und die Erinnerung an viele gute Stunden
ist das größte Glück auf Erden.

Cicero

Weitere Veröffentlichungen von Petra Weise:

Interessante Erinnerungen aus dem ungewöhnlichen Leben der Autorin gibt es in **„Ein halbes Leben"** und den Fortsetzungen **„Ein ganz anderes Leben"** und **„Das Leben geht weiter"**.

Im Roman **„Der andere Vater"** erfährt die zwölfjährige Marion, dass ihr Vater gar nicht ihr Vater ist. Erst zwanzig Jahre später erfährt sie nähere Details und macht sich auf die Suche nach ihren Wurzeln.

„Eine unbestimmte Ahnung" enthält 32 ungewöhnliche und seltsame Kurzgeschichten, sinnlich wie das Leben, das die besten Geschichten schreibt.

„Farbige Geschichten." Hier dreht sich in 29 lustigen, traurigen, dramatischen oder alltäglichen Kurzgeschichten alles um Farben.

„Liebeslügen oder der ganz normale Wahnsinn" bietet 15 spannende Geschichten über die Liebe - wahre Liebe, vorgespielte Liebe, enttäuschte Liebe, betrogene Liebe.

„Mein Hund Benno – tierische Begegnungen" ist ein unterhaltsamer Roman über die Abenteuer der beiden komplett verschiedenen Familienhunde der Autorin.

„Eine verhängnisvolle Diagnose und 14 weitere Kurzgeschichten" erzählen aus dem oft gar nicht alltäglichen Alltag der Autorin während der 80er Jahre.

Petra Weise wurde 1954 in Freiberg/Sachsen geboren und lebt nach zahlreichen Wohnungswechseln durch Hessen und Bayern seit 1993 wieder in ihrer Heimat Sachsen.

Sie liebt das Erzgebirge mit all seinen Traditionen und fühlt sich auch in den Alpen wohl. Wenn sie nicht schreibt oder liest, wandert sie gern mit ihrem Hund durch den Wald oder spielt Klavier.

www.autorinpetraweise.de